EL MULTINIVEL DEL PLACER EROTICO

Joe Nusi

Joe Nusi

EL MULTINIVEL DEL PLACER EROTICO

bubok
EDITORIAL

© Joe Nusi
© El multinivel del placer erotico

ISBN papel: 978-84-685-1854-1

Impreso en España
Editado por Bubok Publishing S.L.

Índice

PROLOGO

La humanidad en estos tiempos ha tenido que enfrentarse a muchos problemas que, en décadas pasadas no lo eran ya que existía un código de conducta instaurado hace cientos de años que cada generación obedecía al pie de la letra su cumplimiento; entre uno de estos está el que se refiere a la orientación sexual de adolescentes, jóvenes y adultos. Por mucho tiempo se ha mantenido en la oscuridad las preferencias sexuales de hombres y mujeres, quienes por falta de ayuda y comprensión han tomado caminos equivocados que muchas veces terminan en situaciones trágicas para las partes involucradas en este tema tan complejo.

Por fortuna hay personas alrededor del mundo, que están interesadas en buscar solución a este tabú que ha venido socavando las estructuras sociales en todos los continentes del mundo; y gracias a los cambios en leyes estatales relacionado al término de la heterosexualidad, bisexualidad y homosexualidad de hombres y mujeres se están viendo los cambios en el paradigma actual. En varios países del mundo, se está gestionando una modalidad que es novedad mundial basada en el aspecto socio-económico del multinivel que ha convertido a hombres y mujeres en los nuevos ricos del siglo XXI.

Ya no sorprende el hecho que padres de familia acudan a un especialista en tema de orientación sexual, especialmente cuando estos por razones múltiples se han separado y ven que sus descendientes a lo largo del camino de la vida no definen su verdadera inclinación sexual; que los convierte en juguetes de burla y engaño de una sociedad que aparenta aceptarlos pero en el fondo los desprecia y humilla. Este es el tema central de la novela que a continuación van a leer pero, con unos ingredientes añadidos que harán interesante su lectura porque incluye hechos del diario vivir en una comunidad que valora los principios de la sexualidad como un legado sin atenuantes y por otra parte, no le da importancia a estos patrones que para ellos son mezquinos y falsos en el comportamiento humano.

Para terminar, tengo la esperanza que tomen en cuenta las situaciones que cada uno de los personajes incluidos en esta novela han tenido que afrontar para llegar a tomar decisiones absurdas y fuera de contexto inspirado en el amor que una mujer pueda ofrecer a un hombre y a sus hijos.

El autor

CAPITULO 1

Vivian una adolescente hermosa, esbelta, de cuerpo bien proporcionado de unos 16 años, salió al patio de su casa para disfrutar su primer día de vacaciones de Primavera (spring brake). Siempre hacía esto por las tardes cuando regresaba de la escuela secundaria para regar y apreciar el jardín que su madre de nombre Eva, había diseñado y sembrado plantas preciosas para cambiar el aspecto desolado que tenía el patio cuando sus padres compraron esta propiedad. Al final del patio se erigía una pared de bloques que alcanzaba una altura de aproximadamente 3 metros que limitaba las medidas de los lotes y también no permitía ver lo que había o sucedía en la casa contigua pero, por las tardes ella siempre escuchaba voces de personas conversando, sonido del agua cuando penetran en su volumen tranquilo a lo que su consciente dibujaba: una piscina.

Sin embargo, en esta oportunidad como aún era temprano y su madre se había marchado para el trabajo, se animó para averiguar la procedencia de unos gemidos que venían del otro lado de la pared; al no tener escalera para subir y mirar, se puso a revisar toda la pared y atisbó unos pedazos de bloque desprendidos por el tiempo, con la ayuda de una tijera del jardín empezó a escarbar sobre los bloques sin hacer mucho ruido. Los pedazos caían unos sobre otros logrando ver una luz pequeña en la pared del otro lado, esto le dio más ansiedad por ver que eran esos gemidos que cada vez eran más intensos y continuos; al fin pudo observar la piscina en toda su dimensión. A un lado de ella, estaba un hombre recostado en una silla de mimbre con una mujer de pelo negro largo que le llegaba a la cintura sentada sobre los muslos de él con movimientos oscilatorios, hacia adelante y atrás que eran la causa de los sonidos guturales; al instante su cerebro tradujo la escena, están haciendo sexo.

Vivian, ya tenía conocimiento de ello porque es tema obligado en los dos últimos años de la escuela secundaria; por otra parte, su madre antes de los 12 años cuando tuvo su primera menstruación le empezó hablar sobre los cambios hormonales en la mujer y lo que esto traía en años posteriores.

Vivian en segundos pensó, lo que sé es teoría y lo que veo es en vivo; su ansiedad aumentó cuando vio de pie a la mujer de pelo negro totalmente desnuda cambiar de posición, o sea, al levantarse acercó su boca al miembro erecto, limpiándolo antes con una toalla que agarró y luego tiró para hacerle sexo oral. Sus ojos se le querían salir de sus orbitas cuando vio el tamaño de la verga del hombre, por un instante la comparó con las de unos compañeros de clase que hacían alarde de su tamaño, se la sacaban y acariciaban hasta ponerla erecta para mostrársela a todas las chicas del aula escolar. Se rio de sí misma de la actitud presumida de sus condiscípulos varones, cuando observó esa tranca o rabo como ellos la llaman. Sintió un estremecimiento en todo su cuerpo y un calor que brotaba de sus poros ya dilatados de la piel, más aún cuando esa mujer se introducía el miembro de ese hombre en la boca en su totalidad, no podía creer lo que sus ojos estaban viendo; esto le hizo recordar una apuesta que hizo con su mejor amiga Astrid, compañera de la escuela que consistió en quien resistiría más penetrando un banano desmondado en la boca y ella solo pudo aguantar hasta la mitad porque se estaba ahogando, mientras que su amiga logró introducirse las tres cuartas partes del fruto. Ahora no podía creer lo que estaba viendo, si alguien se lo hubiera contado nunca lo hubiera creído; sin embargo, ahí estaba la imagen en vivo y fijada en su subconsciente. Mientras la mujer de cabellos largos y negro chupaba con avidez la tranca grande y gorda del hombre, este besaba, acariciaba las nalgas y sus alrededores de la mujer; después de varios minutos en esta posición, la mujer se incorporó agarró un frasco que estaba a su lado derramó un líquido cristalino sobre sus manos que aplicó sobre el rabo del hombre. El a su vez vertió sobre sus dedos el mismo producto que colocó en el ano de la mujer, para Vivian lo que estaba observando le parecía inverosímil porque nadie le había hablado sobre esta práctica sexual; a la distancia logró escuchar la voz sensual del hombre diciéndole a la mujer: coloca la cabeza de mi verga en el orificio de tu ano y baja lentamente para no lastimarte internamente. Efectivamente, así lo hizo la mujer hasta meterse todo el rabo, por unos minutos quedaron quietos hasta que la mujer de cabellos negros empezó a oscilar sobre el eje introducido en su ano, En forma simultánea, el hombre metía sus dedos de la mano derecha en la vagina de ella y con la otra acariciaba sus senos.

Vivian veía los movimientos y escuchaba las palabras obscenas de boca de la mujer a causa del placer que experimentaba en esos momentos: "Ay Dios mío que placer me produce tu verga en mi culo y tus dedos en mi concha". "Métemela toda que mi culo arde de pasión Ahhhhhh que rico".

Vivian con ojos extasiados por el cuadro erótico, vio que el hombre apartó suavemente a la mujer, se levantó y fue caminando hacia el lugar donde ella estaba; se puso nerviosa y temblorosa miró hacia al suelo de donde recogió algunos pedazos de material del bloque derruido y como pudo los recolocó en el área que los sacó. Cuando observó que el hombre venía hacia ella, pudo verle la cara y su rostro le pareció familiar. Cuando él se acercó al pequeño agujero del lado de su pared, miró sobre el mismo varias veces sin ver nada diferente a los bloques.

La mujer de cabellos largos, intrigada le pregunto: ¿Qué pasa querido, que sucede?

El hombre contestó: "Tuve la sensación que alguien nos estaba espiando pero, no vi nada al otro lado de la pared parece que el deterioro de la misma es de este lado, pronto lo haré reparar de todas maneras vamos al interior de la casa para terminar la faena y borrar este presentimiento".

Vivian, agachada y temblorosa al pie de la pared, rogando que este hombre no se montara en una escalera para mirar al patio donde ella se encontraba, fue cuando se dio cuenta que estaba en piyamas confeccionada con piezas transparentes. En loca carrera se dirigió al interior de su casa, cerrando la puerta que conduce al patio con suavidad para no hacer ruido que la delatara; en esos momentos escuchó el timbre de su teléfono que la hizo brincar de susto, era su madre para preguntarle cómo había pasado la mañana y si se había comido lo que le preparó de desayuno. Mintió diciéndole que sí y que estaba preparándose para tomar un baño y luego leer un libro interesante de literatura que ayer había empezado a hojear. A su vez, la madre le comentó que en la mañana tuvo aprieto con el auto debido a una goma ponchada, la misma que el vecino la había ayudado y recomendado cambiar la semana pasada pero, se le olvido hacerlo y ahora estaba pagando las consecuencias; de todas maneras la alivió cuando le dijo que uno de los empleados había prometido ayudarla antes de marchar a casa. Luego le envió un beso con cariño, se despidió y le pidió que tuviera mucho cuidado mientras estaba sola en casa.

Terminada la conversación, Vivian se sentó en el amplio sofá de la sala, estiro sus largas y moldeadas piernas pensando en todo lo vivido en esta mañana; ahora recordaba quien era el hombre del otro lado de la pared, si él era el hombre que había ayudado a su madre con la goma del auto y por esta razón su madre lo saludaba casi a diario cuando salían para la escuela porque él venía de regreso trotando después de hacer ejercicios en un parque ubicado cerca del complejo de casas donde vivían. En más de una ocasión, observaba que este hombre desnudaba a su madre con la mirada cuando se saludaban, mientras que a ella ni la miraba de reojo investida con su uniforme escolar. Al rato se fue al baño para tomar una ducha y luego tomar los alimentos del desayuno; en el recorrido rumbo al baño pensó en llamar a su amiga Astrid para contarle lo sucedido en la piscina del vecino.

Mientras el agua de la regadera salpicaba sobre su cuerpo hermoso, sus manos sostenían una esponja suave con jabón líquido que frotaba sobre su piel en todos los puntos a su alcance. De súbito, la película grabada en el subconsciente de los hechos ocurridos en la mañana, regresaron a su mente sintiendo un deseo carnal mientras la esponja surcaba sus labios vaginales para asearlos e igualmente cuando la pasaba por sus pechos, dándole una sensación agradable nunca antes experimentada.

Cuando salió de la ducha después de experimentar por largos minutos su sexualidad, secó su cuerpo, anudó la toalla a la altura de sus senos dirigiéndose a la cocina para consumir los alimentos preparados por su madre, sació el apetito, lavó los utensilios y luego volvió a sentarse en el ancho y cómodo sofá. Tomó el celular, llamó a su amiga Astrid para narrarle los acontecimientos vistos por ella en la casa del vecino; al otro lado del teléfono una voz femenina suave y sensual le contestó, la saludó por su nombre preguntándole: ¿En qué te puedo ayudar amiga mía?

Astrid, una adolescente también de unos 16 años y medio, alta de estatura, rubia de ojos azules, cuerpo de diosa griega, disciplinada con el físico-culturismo, nadadora excelente, deporte que practica desde niña y que contribuyó para obtener un cuerpo bello y armonioso en la actualidad; de carácter afable y muy popular entre sus compañeros de escuela por su inteligencia para resolver los temas relacionados con sus estudios y conocimientos adquiridos en el campo del sexo, motivo por el cuál sus amigas con frecuencia le preguntaban cuando tenían dudas sobre este tópico.

Vivian le agradeció la disponibilidad para atenderla, empezó a narrarle con lujo de detalles la situación vivida en horas de la mañana. En la medida que Vivian avanzaba en su explicación erótica, los ojos de Astrid se le iban abriendo más y más hasta el punto que sin poderse contener le dijo:" Detente amiga mía en tu narración que me puedo correr, esta misma noche le digo a mi madre que me lleve a tu casa ya que ella tiene que salir pasado mañana de la ciudad por asuntos laborales de su oficina".

Durante todo el día las dos amigas estuvieron hablando telefónicamente sobre el suceso, planeando entre ellas la estrategia a seguir y conseguir el objetivo que Astrid quería, o sea, ver el hombre que su amiga considera un tipo especial y fuera de serie para darle su aprobación o no desde su punto de vista.

Al filo del atardecer, Astrid y su madre de nombre Ivonne, mujer viuda y elegante con cuerpo de guitarra, con pantalones ajustados y atrevidos que al caminar produce suspiros en el género masculino, con amplio escote de su blusa que muestra generosamente gran parte de sus senos junto al movimiento sensual y natural de su trasero que han sido causantes de muchos accidentes en el área que camina; al llegar a casa de Vivian, en compañía de su madre de nombre Eva recibieron a las recién llegadas con el saludo protocolario. Las cuatro mujeres abrazadas por la cintura, entraron a la casa de una planta de exquisito estilo y diseño que agrada a la vista; se sentaron sobre muebles acomodados en la sala amplia y cómoda, decorada con jarrones y tapetes hermosos por sus coloridos.

Eva e Ivonne habían estudiado en la misma escuela donde asistían sus hijas pero, no estaban juntas en el aula como ellas, razón por la cual no tuvieron esa amistad íntima de que gozan sus hijas y gracias a ellas las dos madres se re-encontraron; sin embargo, Eva tenía cierto recelo en la conducta de Ivonne por ser muy liberal en su accionar y el tipo de disciplina aplicada a su hija Astrid que chocaba con los principios morales que estaba sembrando en su hija Vivian. A oídos de Eva llegó un rumor respecto a la muerte del esposo de Ivonne, hecho ocurrido 3 años atrás de que él estaba padeciendo de presión alta y en un arranque de celos por la actitud, vestimenta y trato a clientes potenciales mientras comía, le produjo un paro cardíaco que le ocasionó la muerte a los 45 años de edad.

El duelo por este acontecimiento permitió que la amistad entre sus hijas Eva le diera mucho apoyo sicológico a Ivonne para superar esta etapa de dolor, afecto que siempre le agradeció y no se cansaba de repetírselo cada vez que trataban el tema cuando conversaban.

La estadía de Astrid en casa de Eva fue una decisión unánime de las cuatro mujeres involucradas y acertada en virtud de un viaje de trabajo por 4 días fuera de la oficina de Bienes y Raíces de Ivonne; a Eva desde su punto de vista le pareció bien porque de esta manera su hija no se quedaría sola por el resto de la semana, sin imaginarse ella lo que las chicas estaban planeando mientras estuvieran solas en casa. Horas después de charlar animadamente las dos madres de hechos pasados y presentes, se despidieron no sin antes recomendarle Ivonne a Eva de tener paciencia con su hija Astrid ya que ella en ocasiones profiere palabras obscenas cuando algo le produce enojo; no te preocupes amiga replicó Eva, las muchachas son así cuando tienen ira y después se arrepienten de lo que dicen; así mismo es asintió Ivonne al momento de abrir la puerta de su auto con rumbo a su casa para empacar documentos y todo lo necesario para el viaje del próximo jueves.

Cuando Ivonne se marchó, Eva se acercó a las chicas que estaban sentadas sobre muebles en la cocina conversando de cosas pueriles y tomando jugo natural que Vivian había preparado. Les preguntó si querían dormir en cuartos separados o juntas en la cama de Vivian que es ancha y amplia para dos personas, ellas respondieron por la segunda opción; respuesta que Eva aceptó y así se evitó de preparar otra cama en el cuarto de huéspedes. Minutos después Eva se despidió de las adolescentes para dormir ya que tendría que trabajar el día siguiente, todas se dieron las buenas noches y se marcharon a sus respectivas recámaras. Vivian y Astrid dentro de la habitación, lentamente empezaron a quitarse sus ropas hasta quedar con la ropa interior que cubrían sus senos preciosos y la pelvis de cada una; ambas entraron al baño amplio con decorados preciosos de colores tenues y pálidos que hacían contraste con los muebles y accesorios oscuros del baño. Cuando Vivian terminó de cepillarse sus dientes, se despojó de las prendas que tapaban sus senos y vagina para asearse sus partes íntimas. Astrid la miró de reojo y con ojos de lujuria miraba a su amiga cuando el agua caía sobre sus senos y con una esponja suave y enjabonada la esparcía hacia su pubis cubierto de vellos largos y castaños como su pelo recogido sobre la nuca. Cuando Vivian terminó de asearse, Astrid se acercó a ella totalmente desnuda para ocupar su lugar pero, disimuladamente rozó con una de sus manos el trasero voluptuoso de Vivian quien no le dio importancia al hecho. Finalizada la ceremonia del aseo se colocaron sus piyamas cortas y transparentes, ambas dormían sin prendas íntimas excepto cuando estaban con el período menstrual.

Astrid sacó de su maleta de equipaje un laptop mediano y un estuche de DVD, mostró a su amiga varias películas porno para verlas en la computadora portátil pero Vivian por su parte no estaba de acuerdo ya que su madre le pedía que no mirara esas filmaciones porque no eran reales y confunden a la juventud; sin embargo, pudo más la insistencia de Astrid ante la recomendación de su madre. Mientras Astrid colocaba la película, Vivian recordó las imágenes en la piscina de su vecino donde la mujer de pelo negro con él, estaban unidos por un largo y grueso miembro dentro del ano de ella; acto que en el fondo de su ser la perturbaba y no sabía cómo descifrarlo. Sumida en sus pensamientos,

Astrid le tocó el hombro para que se instalara los audífonos y así evitar que el sonido fuera escuchado por Eva en su cuarto.

La cinta mostraba a un hombre y dos mujeres donde una acariciaba y chupaba su pene y la otra sentada sobre la cara del actor porno lamiendo la vagina de la actriz porno. Vivian abrió fuera de lo normal sus ojos, cuando vio el miembro enorme del actor disfrutando el juego erótico de las actrices que se movían de un lado para otro e intercambiando posiciones para que él las penetrara por la boca, vagina y ano; lo que la emocionó y se dibujó así misma como una de ellas pero junto a su vecino. Miró con disimulo a Astrid, quien con una mano acariciaba sus senos y pezones y con la otra metida en el triángulo formado por sus muslos jadeando, subiendo y bajando su pelvis rasurada; visto esto, con palabras inocentes le preguntó: ¿Qué te pasa, por qué gimes de esa forma? Astrid la miró con ojos semi-cerrados por el deseo carnal que sentía con estas palabras "amiga estoy muy excitada, tengo que masturbarme para aplacar mi pasión y placer sexual". A su vez, Astrid le preguntó: ¿Tú sientes algo extraño en el fondo de tu sexo? Vivian no pudo contestarle, en realidad estaba excitada y con deseos intensos que disfrutaba pensando su fantasía con el vecino del patio; solo la miró de soslayo y asintió con un leve movimiento de cabeza.

Transcurridos unos segundos después del diálogo, Astrid acercó su rostro al oído de Vivian para decirle: "Tengo ganas de darte un beso en la boca". En ese momento, Vivian bajo la mirada hacia la pantalla de la computadora viendo que las dos actrices se estaban besando e intercambiando sus lenguas y caricias con sus manos en todo el cuerpo. En principio le pareció algo asqueroso pero, en la medida que miraba la escena cambió de parecer y por eso no esquivó el acercamiento de Astrid cuando empezó a besar sus labios vírgenes y ardientes en estos momentos, de todas maneras, a pesar de la ansiedad y deseo que sentía rechazó sutilmente a su amiga cuando esta intentó introducirle su lengua a la boca. Acto seguido, Vivian se dio media vuelta en la cama para tratar de dormir; sin embargo, no sintió repugnancia cuando Astrid la beso suavemente en sus labios, cosa que la inquietó hasta que el sueño la venció.

Por su parte, Astrid entendió la reacción de su amiga y no insistió; por el contrario, le dijo buenas noches recogió el equipo y lo guardó, luego siguió masturbándose hasta alcanzar el clímax deseado y quedar profundamente dormida.

A la mañana siguiente, Eva tocó a la puerta y entró al dormitorio deseándoles "los buenos días" y para darles las instrucciones y recomendaciones del día como toda madre que adora a sus hijos. Mientras les hablaba, Eva observó que Astrid tenía el seno izquierdo salido de la camisa del piyama puesto; escena que no le agradó por considerarla inmoral, de mal gusto y de mala influencia para su hija, por tanto, le hizo el reclamo para que corrigiera y no se repitiera esta situación.

Astrid, un tanto turbada por falta de sueño y el reclamo de la madre de su amiga pensó "demonios me quedé dormida acariciándome el pezón" solo alcanzó a decir que, en ocasiones dormida le rasca la piel en el pecho y tal vez esa fue la causa de tener al descubierto el seno.

Está bien Astrid, pero por favor que no se repita; además tu madre me llamó temprano para decirme que te quedes en mi casa hasta su regreso porque ella tiene que buscar unos documentos necesarios para hacer no sé qué cosa en la compañía de títulos.

Gracias señora Eva respondió Astrid, le prometo que lo primero no volverá a ocurrir y por la información del viaje de mi madre.

Eva salió del dormitorio sin convencer por la respuesta de Astrid y la actitud pasiva de su hija Vivian.

Cuando Eva se marchó hacia su trabajo, numerosos pensamientos revoloteaban en su cabeza cubierta por una cabellera hermosa de color castaño. Al no estar segura de la explicación de Astrid, había algo en esta jovencita de solo 16 años y medio que le daba mala espina; su madre la estaba educando en forma muy liberal, actitud que siempre le criticaba a Ivonne.

Mientras tanto las dos amigas en casa y olvidadas las palabras lanzadas por Eva en la recámara, estaban ansiosas por salir al patio y en lo posible escuchar voces para atisbar la causa u origen de las mismas. Ambas prepararon el desayuno y una vez consumido este, fueron al baño para cepillar los dientes y cepillar el cabello rubio de una y castaño de la otra a más de las necesidades fisiológicas que son menester en el cuerpo humano. Astrid con un estuche en mano salió al patio junto a Vivian que estaba intrigada con el contenido del mismo. Vivian agarró la manguera para regar las plantas del jardín, al terminar enrolló la manguera y se acercó a Astrid preguntándole: ¿Qué es eso que sacaste del estuche?

Con una leve sonrisa, le dijo: "Esto es un boroscopio, era de mi padre quien me enseñó a manejarlo pero lo heredé cuando él murió. Este cable metálico, enseñándoselo con el dedo índice, tiene una cámara y un micrófono incorporado en la punta que recoge imágenes y voces en un radio de 20 metros y de este otro lado se conecta al monitor para observar y escuchar el objetivo. Vivian asombrada exclamó:

¡Caray! que tecnología estupenda. Así es amiga mía, replicó Astrid terminando de acoplar todo el equipo.

¿Dónde lo vas a conectar? Inquirió Vivian, porque aquí no hay un enchufe.

No te preocupes amiga, este equipo tiene una batería recargable que funciona por 6 horas, concluyó Astrid. Acto seguido, Astrid cogió el artefacto entre sus manos y preguntó a Vivian: ¿Dónde está el hoyo qué hiciste ayer? Aquí está dijo Vivian, señalando el lugar con el dedo. Hay que remover los pedazos de la pared que quité y volví a poner para poder ver al otro lado.

Astrid se acercó, con el dedo removió los trozos pequeños y vio que el agujero era perfecto para instalar la punta del cable con cámara y micrófono incorporados. Lo instaló y sujetó con cinta adhesiva a un lado de la pared. Después ensayó con el equipo toda el área de la piscina dando una imagen difusa que fue controlada poco a poco hasta lograr la claridad y nitidez deseada. Bueno amiga, ahora a esperar al ser humano maravilloso que dices, sentenció Astrid con cierto sarcasmo en sus palabras.

El tiempo seguía su curso y no sucedía nada, de súbito Astrid se quitó la camisa transparente de piyama que aún tenía puesta aludiendo que tenía calor dejando al descubierto su pecho al aire libre y por ende a los ojos de su amiga Vivian quien no pudo controlarse y exclamar: ¡Guau! Cuando vio los dos grandes, erguidos y hermosos senos de su amiga. Astrid al ver la sorpresa de Vivian, le preguntó: ¿Son hermosos verdad? Eso me dicen los muchachos a los que les he permitido acariciarlos. ¿Tú qué opinas? Inquirió a su amiga sin quitarle la mirada. Vivian, turbada no sabía qué contestar; sin embargo, se le ocurrió decir que los muchachos tenían razón.

Astrid no le dio importancia a esta respuesta tonta, ya que su amiga no tenía ninguna experiencia en los temas de belleza y sexología; no era por su culpa, sino que la madre no le permitía leer sobre ellos.

Pasaban los minutos y nada nuevo ocurría, Astrid sin contenerse le preguntó: ¿Qué esperas para quitarte la blusa de la piyama? ¿Quieres qué se te cocinen las tetas? ¿Acaso no sientes calor?

¡Oh no! Estás loca, será para que mi madre me castigue por este acto inmoral, replicó Vivian.

Ja, ja, ja, ja me has hecho reír Vivian por tu respuesta infantil; acaso ella está aquí para insultarte y yo no se lo voy a decir, te lo juro amiga haciendo la señal de la cruz. Se hizo un silencio sepulcral, de pronto se escucharon unas voces, rápidamente Astrid llegó al boroscopio, mirando a la pantalla hizo unos ajustes para que la imagen se viera mejor. Efectivamente, observó dos mujeres jóvenes hermosas y desnudas, una rubia y otra morena de cuerpos espectaculares, de cabellos preciosos y bien conservados, ambas afeitadas en su pubis con elegancia al caminar, son modelos pensó Astrid.

Vivian se acercó al monitor también pero, no vio al hombre que la perturbaba en sueños, se sintió un poco desilusionada e hizo el siguiente comentario" las chicas son lindas" ¿Verdad amiga?.

Si, contesto Astrid, son preciosas mirándole a los ojos. Vivian sintió un estremecimiento, bajó su mirada al monitor observando que las dos mujeres estaban fundidas en un beso apasionado y sus manos se movían de arriba y abajo acariciando sus cuerpos. Cuando se separaron, la rubia preguntó a la morena: ¿Cuándo bajará Gus? La morena respondió: "Me dijo que en 10 minutos vendrá hasta

aquí porque iba a tomarse un baño al salir del gimnasio".
Mientras tanto, dediquémonos a calentar nuestros cuerpos,
volviendo a unir sus labios apasionadamente.

Cuando Astrid vio esta escena, al igual que su amiga Vivian, se acercó a ella susurrándole en su oído Vivian: "No
te parece hermoso este culto a la belleza femenina con besos y caricias".

Abstraída en sus pensamientos y mirando la escena en
mención, volteó lentamente su cara mirando profundamente los ojos azules de Astrid, esta sin pérdida de tiempo
acercó sus labios a los de Vivian, quien estaba turbada y
temblorosa aceptó los labios ardientes y lujuriosos de Astrid y, en un gesto de mutua complacencia las dos amigas
intercambiaron sus lenguas tal como lo habían visto en el
monitor.

Astrid no perdía tiempo, aprovechándose de la inocencia de Vivian le quitó la camisa de piyama, acercó su boca
a sus senos aún vírgenes, acariciándolos con delicadeza y
ternura despertando en ella pasiones incontrolables. De vez
en cuando separaban sus bocas para observar el monitor
para no perder la línea erótica de las dos chicas que las había inspirado, estando en el frenesí de caricias a los pechos
Astrid y Vivian escucharon unos suspiros hondos, dejaron
de tocarse sus cuerpos para acercarse al monitor para ver y
escuchar la secuencia de la imagen, una de las chicas dijo:
"¡Oh! Ahí viene Gus, por fin llega".

Las dos amigas adolescentes quedaron embobadas, cuando vieron al hombre desnudo al encuentro de la rubia y
la morena; Astrid fue la primera en reaccionar diciendo:
"Dios mío ese hombre es un Adonis, que cuerpo, que verga
tan grande y gruesa tiene. Los chicos de la escuela si co-
nocieran ese hombre estarían decepcionados del tamaño

de su miembro". Te lo dije antes amiga, y no me creíste confirmó Vivian. El hombre de nombre Gus escuchado por las dos amigas, se sentó en medio de las dos mujeres hermosas, intercambiando besos, lengüetazos, caricias en los pechos de ambas y suaves mordiscos en todos sus cuerpos. Luego miraron que la rubia inclinó su cuerpo hacia adelante, colocando sus manos sobre un mueble dejando entrever sus labios vaginales y ano. Gus le dio comienzo al ritual, limpiando todo el área a chupar y mamar con toallas anti-bacterianas; hecho esto puso en funcionamiento toda su destreza y experiencia con el órgano de gustación. Por varios minutos lo hizo con la rubia, luego preparó a la morena quien en esos momentos estaba haciéndole sexo oral; superada esta etapa Gus introdujo su tranca en la vagina de la rubia en diferentes posiciones, mientras esto sucedía la morena acariciaba a Gus o a la rubia donde fuere necesario para mantenerse caliente en la fiesta erótica. Tiempo después, Gus tomó a la morena para proporcionarle la misma medicina; las dos mujeres a su turno el placer las obligaba a hacer sonidos que agradan al oído del hombre: ¡AAAhhhhhhhh! ¡Hayyyy que rico!

Luego Gus re-tomó a la rubia para acariciarle y meterle al verga en el culo, por unos minutos se lo lamió y luego le introdujo un delgado vástago acoplado a una pera de caucho llena de aceite con base de agua para lubricarle el ano, recto y profundidades. La acomodó de tal manera, que la cabeza de la tranca no tuvo dificultad de penetrar lentamente en el orificio hasta que el esfínter cedió a la presión impuesta al miembro varonil, por segundos Gus detenía la penetración preguntando a la rubia cómo se sentía; no habiendo respuesta contraria, proseguía el avance hasta meterla toda. Aquí se quedaba quieto con el propósito que el recto de la mujer reconociera al extraño visitante y este se acomodara en su interior.

Pasados escasos minutos, la rubia empezó a mover sus caderas dando aviso a Gus, que la prueba fue superada, por tanto, libertad de movimientos lascivos hasta el cansancio; los dedos de su mano derecha entraron en la vagina dilatada de la rubia acariciando sus labios y clítoris lo que le producía un inmenso placer que era aplacado momentáneamente con los sucesivos orgasmos, a pesar del deseo intenso que la rubia tenía de seguir haciendo el sexo anal, le recordó a Gus jadeante que el contrato entre ellas y él era concebir un hijo por lo menos; al instante, Gus le dio media vuelta al cuerpo de la rubia se limpió la verga con sus toallas antibacterianas e introdujo su tranca en la vagina que, como un volcán tenía lava de pasión y placer al máximo. En minutos, la rubia no pudo contenerse más y un alarido del más puro deseo lujurioso anunció la culminación de los orgasmos que precedieron a este clímax maravilloso.

En este preciso momento Gus se concentró, arrojó chorros de esperma como el bombero para apagar el incendio en todo su interior hasta encontrar el óvulo a fecundar sin compromiso de su parte.

En un breve lapso de descanso, la mujer morena concentró su atención en la verga de Gus para despertar al guerrero de su letargo, a través de su lengua que como víbora disfrutaba su presa; en pocos minutos logró su objetivo poniéndola erecta en toda su extensión e iniciar el sexo anal que ya Gus había preparado mientras ella le hacía el sexo oral. Los dos amantes lo disfrutaron por un largo período con gemidos, llanto de placer y obscenidades en todas las posiciones que Gus la colocaba para finalmente sacarla, limpiarla y meterla en la vagina para sofocar el fuego dentro de ella con el líquido cristalino y espeso de su semen que en su loca carrera buscará el óvulo en que pueda penetrar para continuar la existencia de la especie humana.

Mientras todo esto ocurría en la piscina de Gus, las dos amigas disfrutaban del encuentro erótico de él y sus dos invitadas en el monitor sin perder detalles; Astrid y Vivian con los pechos desnudos gozaban de sus caricias sobre ellos y lo que veían en vivo de la película porno de su vecino. Cuando los actores de la cinta se alejaron de la escena, las dos amigas recogieron el equipo y taparon como pudieron el hoyo por donde colocaron el cable para no perder el desarrollo de la orgía que marcaría sus vidas en el futuro.

Mientras caminaban de regreso al interior de la casa Astrid le dijo a Vivian: "Amiga tengo una idea, tu dices que todas las mañanas ves a tu vecino cuando Eva te lleva al colegio". ¿Es correcto?

Así es amiga, contestó Vivian.

Bien, en este caso -tomando Astrid la palabra- mañana nos levantamos temprano y tomamos el mismo camino por donde él regresa, cuando lo veamos y saludemos le entrego un papel con mi nombre y número de teléfono para que me llame y así conseguir una invitación a su piscina ¿Qué te parece?

Creo que es buena la idea pero tengo miedo, conceptuó Vivian.

No te preocupes amiga, déjalo de mi cuenta aseguró con firmeza Astrid.

A la mañana siguiente, cuando Eva tocó a la puerta del dormitorio de Vivian entró sin recibir respuesta; tuvo la sorpresa de ver que las dos muchachas estaban arregladas deportivamente para caminar. A Eva le pareció muy buena la idea, juntas salieron hasta donde estaba parqueado el vehículo, antes de irse le recordó que el desayuno ya estaba preparado y puesto en el lugar de siempre, despidiéndose con un beso en las mejillas y la frase "cuídense muchachas de todo peligro". Astrid y Vivian tomaron el camino que conduce al parque por espacio de 10 minutos, que extraño aún no lo veo y estoy segura que esta es la ruta diaria afirmó Vivian en voz alta. Paciencia amiga, a lo mejor se acostó tarde y cansado por lo que vimos ayer; es posible que se le hayan pegado las cobijas y salió a trotar en diferente horario aseveró Astrid para tranquilidad de su amiga.

Sí, es probable que tengas razón porque al pobre lo dejaron medio muerto esas dos mujeres para tener hijos ¿pudiste escuchar eso? Interrogando Vivian a su amiga Astrid.

Si, respondió Astrid, lo escuché perfectamente, confirmando cualquier duda de su amiga.

A la distancia, Vivian vio la silueta de un hombre que venía trotando, se detuvo y cuando estuvo segura que era él ambas se colocaron en posición que impedía que Gus continuara su trote; este frenó la prisa y preguntó: ¿Qué sucede muchachas, pasa algo?.

Astrid se adelantó y contestó: No, no pasa nada realmente las dos queremos saludarlo porque mi amiga es vecina suya y yo estoy de visita en su casa aprovechando estos pocos días de vacaciones; además soy muy sociable y me gusta compartir con los vecinos, es todo señor….mi nombre es Astrid, extendiendo su mano hacia la de él. Gus impresionado por la belleza de esta joven rubia de ojos azules intensos titubeó por un momento pero en fracción de segundos recuperó su postura extendiéndole su mano; con gusto me llamo Gustav pero mis amigos me llaman Gus, este sintió un calor abrasador en la mano de Astrid sobre la suya y luego el contacto de un papel deslizándose en el interior de su mano. Cuando la apartó, se lo colocó con disimulo en la otra mano para saludar de igual manera a Vivian; esta extendió su mano y le dijo ¡Hola! Mi nombre es Vivian, este la reconoció sin su uniforme de colegiala dándole un apretón de mano; cruzaron breves palabras tomando cada uno su camino a seguir.

Cuando Gus llegó a su casa, se sentó sobre una silla en la cocina donde había dejado el termo con café preparado, vació este en un pocillo y empezó a tomarlo recordando el papel que la rubia le había dado; lo abrió y leyó lo siguiente: "Mi nombre es Astrid, ayer sin intención vi tu relación sexual con dos chicas muy hermosas en tu piscina. Mi amiga Vivian y yo estamos entusiasmadas y deseosas de compartir una fantasía sexual contigo. Si estás de acuerdo llámame a mi número de teléfono adjunto".

Terminada la lectura Gus sonrió sarcástico preguntándose así mismo: ¿Qué estarán tramando estas dos chicas? Convertirme en un depravador o violador de menores, con rabia estrujó el papel dejándolo en la mesa. Luego se dirigió al baño donde tomó una ducha fría y caliente para reponer energías en el nuevo día. Fue a la cocina de nuevo para prepararse un desayuno tropical. Posteriormente se sentó frente a su computadora, la puso en funcionamiento y abrió para leer los correos electrónicos recientes, apareció el último que decía: ¡URGENTE! Confirmar cita Viernes a las 4:00 pm con Ivonne, ver aplicación adjunta.

Después de leer la aplicación y chequear los antecedentes de la mujer solicitante, estiró sus piernas y brazos pensativo, luego regresó a su posición original e hizo "click" en la ventana de "Aceptar" de la aplicación; leyó los demás mensajes guardando los que lo merecían y botando los demás. De pronto, escuchó un ruido tenue sobre el suelo, observó que era el papel que le entregó la rubia de ojos azules y mirada lasciva; lo leyó una vez más, se quedó pensativo por un momento, tomó el celular y llamó.

Mientras esto acontecía en casa de Gus, Astrid y Vivian por su parte en casa estaban desesperadas porque él no llamaba; las dos se encontraban inquietas por la demora, Astrid a cada momento cogía y veía el celular y nada ningún sonido ni texto. Pasaron largos y tediosos minutos para las dos amigas, hasta que al fin sonó el celular de Astrid, quien ansiosa lo tomó y aceptó la llamada de un # desconocido.

¡Alo! contestó. Al otro lado de la llamada una voz grave y sonora preguntó: ¿Hablo con Astrid? Si ella habla Gus. ¿Cómo sabes que soy Gus? Interrogó su interlocutor. Muy sencillo, tu voz es inconfundible y agradable de escuchar aseveró Astrid con aplomo. Bien respondió Gus e interrogándola de nuevo ¿Qué es lo que quieres de mi Astrid? Con voz suave y coqueta Astrid le dijo: Es simple mi querido Gus, invitanos a tu piscina para nadar un poco y luego veremos qué pasa ¿Te parece bien? Humm y luego un segundo de silencio percibió Astrid. Está bien, respondió la voz varonil pero, por favor, no entren por la puerta principal sino por el patio; instalaré 2 escaleras para que suban por una colocada en su patio y bajan por la que instalaré en el mío hasta llegar a la piscina, así que vengan preparadas para el piscinazo terminando la conversación.

Vamos amiga que ya estamos invitadas por nuestro vecino a su piscina dijo Astrid a Vivian, cuando cerró el celular. Así que es hora de ponernos nuestro sensual y atrevido vestido de baño, entre menos tela es mejor; tenemos que entrar por el patio, allí nos esperan 2 escaleras para llegar a su piscina y, a él.

En 20 minutos las dos adolescentes estaban listas, no sin antes Astrid le haya facilitado a Vivian un traje diminuto de 2 piezas, ya que su madre Eva no le permitía usar esta prenda atrevida y sensual a los ojos masculinos. Y sin que ella lo supiera, a ojos femeninos también.

Salieron al patio, efectivamente allí estaban las escaleras instaladas, subieron y bajaron tranquilamente de ellas caminando escasos metros hasta llegar a la piscina pero, con sorpresa vieron que él no estaba allí ni en sus alrededores. Qué extraño, pensé que Gus nos esperaría aquí para darnos la bienvenida dijo Astrid a Vivian; bueno no nos preocupemos de eso, ya aparecerá contestó Vivian. Si amiga el agua se ve estupenda, vamos aprovecharla y como tú dices él en cualquier momento vendrá, asintiendo Astrid.

Ambas se despojaron de la pequeña bata de baño, sus cuerpos quedaron al descubierto mostrando los diminutos corpiños que cubrían los pezones solamente y el triángulo confeccionado de tela fina, atado por los lados de sus caderas cubriendo la pelvis y unido por un cordón que penetra en la hendidura del trasero que deja en libertad absoluta las bien formadas y preciosas pompis.

Dentro de la casa, Gus observaba por una ventana todos los movimientos de aquellas chicas preciosas que jugueteaban entre sí ajustándose a una con la otra la poca ropa que las cubría. Observó sus cuerpos hermosos cuando caminaban coquetamente hacia la piscina y lanzarse a ella con gran estilo.

Preparó unas bebidas refrescantes acompañadas con galletas deliciosas, las colocó sobre una bandeja de plata dirigiéndose hacia donde ellas estaban; se detuvo unos segundos porque vio a las dos chicas fundidas en un sensual beso intercambiando sus lenguas; carraspeó su garganta, al instante Astrid y Vivian separaron sus bocas fijando sus ojos hacia la procedencia del sonido, viéndolo a él con la bandeja entre sus manos.

¡Hola! dijo Astrid con una amplia sonrisa mostrando la blancura de sus dientes bien formados, ya vamos a tu encuentro para tomar lo que nos traes en la charola y conversar para socializar.

Gus vestido deportivamente como siempre pero esta vez sin zapatos, se sentó en una de las sillas de mimbre del juego elegante que lucía alrededor de la piscina. Se quedó boquiabierto cuando observó y escudriñó con sus ojos las dos bellezas que venían a su encuentro, no pudo disimular su emoción al ver los senos y cuerpos esculturales cerca de su rostro de estas dos dignas representantes del sexo opuesto.

En el momento de levantarse rozó la pelvis de Astrid, quien no dio muestras de incomodidad; por el contrario, le guiñó el ojo y le agradeció el gesto de atención al entregarle a cada una los vasos con jugo natural y los platos con galletas, que él sin saberlo eran sus predilectas. Las dos muchachas se sentaron cada una al lado de Gus mientras consumían lo que él amablemente les ofreció. Cuando finalizaron de comer el aperitivo, Astrid y Vivian iniciaron conversación con Gus sobre aspectos pueriles de la vida que no tienen trascendencia, en otras palabras, matar el tiempo. Astrid inquirió a Gus que se pusiera a tono con ellas, es decir, ponerse su traje de baño para disfrutar el agua tibia de la piscina, la respuesta de Gus fue contundente y sorpresiva: "no uso traje de baño para nadar en mi piscina". Las dos adolescentes se miraron para conectarse y ponerse de acuerdo ante esta situación, en este caso el anfitrión tiene toda la razón contestó Astrid, así que nos desnudamos todos y entramos a la piscina ¿no te parece Gus?

Este las miró sin saber que contestar, había sido víctima de su propio invento sin dar crédito a lo que sus ojos estaban viendo, Astrid y Vivian se quitaron y arrojaron sus corpiños sobre la silla, luego hicieron lo mismo con la diminuta pieza que cubría su pelvis dejando al descubierto la hendidura afeitada de Astrid y la selva de vellos de Vivian quienes coquetamente giraban sobre el mismo punto dejando sin palabras a Gus quien pensó: "Que hermosura de mujeres, que consecuencias me traerá si toco a estas chicas".

Ante este espectáculo, Gus acostumbrado a poseer mujeres hermosas, exclamó con vehemencia: Astrid, Vivian que bellas y hermosas son ustedes tienen cara y cuerpo de diosas, me siento afortunado de verlas en todo su esplendor físico. Cuando Gus terminó la frase, las dos adolescentes se abalanzaron sobre él, para abrazarlo y besarlo como muestra de alegría y satisfacción que sentían por sus palabras. En este momento, Astrid le pidió entrar desnudo a la piscina con ellas; Gus no tuvo más remedio que aceptar la invitación que fue idea de él. Las dos muchachas estaban ansiosas de verlo sin ropas, observando cada movimiento de él hasta quedar desnudo; cuando Gus se puso de pie Astrid y Vivian sin poder ocultar su asombro exclamaron al unísono: "Que cuerpo atlético y que bien dotado estás".

Abrazados por la cintura, penetraron en el azul reflejo del agua, nadaron por varios minutos en estilos diferentes, jugaron a perseguirse y tocarse juego que Astrid disfrutó por sus excelentes condiciones de nadadora porque cada vez que alcanzaba a Gus casi siempre lo tocaba en el pene. Finalmente, salieron del agua, bañaron sus cuerpos en la regadera para quitarse el olor de químicos por mantenimiento.

Los tres tomaron toallas para secar sus cuerpos húmedos para luego enrollarla y ponerla debajo de la nuca sobre un amplio sofá bajo techo y mirando el azul del horizonte con pensamientos lascivos.

Como ya era habitual, Astrid tomó la iniciativa para coquetear y provocar a Gus, acercó su rostro bello y radiante al de él; le dio una mirada profunda, pasó su lengua sobre los labios de él para refrescarlos y sin poderse contener entregó sus labios e introdujo su lengua dentro de la boca de Gus. Este al sentir el calor del deseo, pensó en rechazarla con disimulo para evitar un problema futuro pero, pudo más el instinto animal aceptando la caricia y compartiendo sus lenguas; ella le daba suaves mordiscos sobre los labios de él y luego se fundían en un largo y apasionado beso. Astrid se incorporó para ofrecerle todo su pecho, donde cada seno erguido por la pasión pedía ser acariciado, mamado y chupado, como manjares sin apresuramientos durante esta excitación erótica.

A todo esto, Vivian impaciente también quería sentir las caricias de Gus y ofrecerle sus encantos; con delicadeza apartó a su amiga de Gus, ofreciéndole sus labios en un beso ardiente y apasionado que él respondió con lujuria. Vivian no tenía experiencia con hombres, hecho que no pasó desapercibido por Gus pero, él como hombre experimentado y buen amante estaba tratándola con cariño y seducción tal que ella sumisa en el placer hacía todo lo que Gus le susurraba al oído. Recorrió el cuello de Vivian con su boca y lengua buscando los puntos eróticos que, encontró cuando llegó a su pecho; aquí Vivian gemía de placer liberando su sensualidad reprimida, situación que Gus aprovechaba para chupar los incipientes pezones y sus alrededores. Mientras Vivian estaba gozando el placer apasionado y seductor de Gus, por iniciativa propia de Astrid, bajó a los testículos de él tomándolos en sus manos y acariciándolos con un deseo enorme de chuparlos; no esperó más tiempo y así lo hizo, luego tomó la tranca erecta de Gus, se la introdujo en la boca tratando de llevarla hasta el fondo de su garganta pero, no pudo hacerlo por su tamaño y diámetro, por tanto, se deleitaba recorriendo su boca y lengua a todo lo largo del miembro.

En forma simultánea, Astrid sentía que de su vagina salía un líquido que recorría sus muslos; esto la incitó más y deseaba que Gus se la chupara como lo había visto antes en las películas pornográficas.

Pidió a Vivian que se apartara para que Gus le hiciera la fantasía dibujada en su mente, contra su deseo lo hizo, cuando se apartó vio la verga de Gus extendida, con sus manos la agarró, sobó y luego comenzó a chupar con loco frenesí para convertir este sexo oral como su primera experiencia que sería recordada para el resto de su vida.

Gus recibió con agrado los labios vaginales húmedos de Astrid en su boca, este olor y sabor lo volvía loco poniendo toda su capacidad para satisfacer a esta diosa hecha mujer; con destreza chupaba sus labios vaginales internos, externos y le mordisqueaba el clítoris que la hacía gemir y llorar de puro placer con orgasmos sucesivos que terminaban en la lengua y boca de él. Mientras Astrid disfrutaba a plenitud el sexo oral que Gus con voracidad le hacía, Vivian le hizo señas para cambiar de posición y recibir el sexo oral en su vagina que ardía de pasión lujuriosa. Astrid asintió con un movimiento de cabeza, se levantó con suavidad dirigiéndose hacia la verga templada aún de Gus, volvió a mamarla y metérsela en toda su extensión pero, le era difícil lograrlo porque se ahogaba una y otra vez.

Vivian acomodó su vagina sobre los labios de Gus pero, antes separó todos los vellos que cubrían la raja para sentir y disfrutar su lengua en los labios vaginales y clítoris hinchado por el calor de la pasión. En poco tiempo Vivian se sintió transportada a un mundo de ensueño y fantasía provocándole orgasmos continuos que hasta ahora desconocía causados por los movimientos veloces de labios y lengua de Gus.

Llegó un punto que Vivian no pudo contener un grito angustioso que le salió de lo más profundo de su ser en momentos que él tenía su clítoris entre sus labios y acariciándolo con rapidez con su lengua.

Astrid y Gus se asustaron deteniéndose ambos del festín erótico ¿Qué te pasó Vivian? Le preguntó su amiga Astrid preocupada. Vivian entre lágrimas y sollozos le contestó: Es que sentí una sensación desde lo más profundo de mi vagina tan placentero e intenso que se me reflejó en este grito pero, no es nada de qué preocuparse; por el contrario, lo estoy disfrutando al máximo.

Dicho esto volvieron a tomar acción voluptuosa y con más intensidad en la práctica oral que estaban desarrollando. Astrid no se cansaba de lamer y chupar la tranca de Gus, mientras este gozaba la vagina de Vivian.

Por un momento, Astrid se sintió haciendo sexo con este hombre teniendo el miembro en su vagina; lo meditó por varios segundos ya resuelta subió al sofá colocando su raja encima de la verga de Gus, esta la movía de arriba hacia abajo en su abertura, el calor de la pasión la fue guiando colocando el glande en el agujero aún virgen; luego poco a poco fue bajando doblando sus rodillas hasta sentirla toda dentro.

Vivian que estaba frente a ella, la observó en todos sus movimientos; se percató que su amiga hizo un gesto de dolor cuando empezó a penetrarse el pene pero, este desapareció al instante cuando siguió bajando su cuerpo transformándose en cara de felicidad y emoción erótica al quedar sentada sobre los muslos de Gus. Descansó unos segundos, por instinto natural y placer empezó a moverse en forma lenta y circular luego subía y bajaba como un ascensor sin freno perdiendo el norte a causa del placer que la tranca y dedos de Gus sobre su clítoris le proporcionaban; los orgasmos le llegaban uno tras de otro en forma sucesiva que evidenciaba con sonidos guturales como: ah, ah, ah, ah, ah, ay que rico....

Gus por su parte estaba concentrado en el sexo oral a Vivian, él estaba feliz de conocer y disfrutar esta experiencia sexual con esta jovencita tierna y sedienta de sexo por sus múltiples orgasmos recibidos en su boca; por un momento Gus sintió un tenue desgarramiento en su glande cuando Astrid se la estaba introduciendo en la vagina, pensó: "Vaya todavía era virgen, quien lo hubiera imaginado a su edad y en estos tiempos".

Luego volvió su concentración en Vivian a quien se le estaban hinchando los labios vaginales de tanto chupárselos. Vivian miró a Astrid que tenía los ojos entrecerrados por el deleite de la pasión, extendió su brazo para avisarle que ella también quería que Gus tomara posesión de su virginidad; esta salió del sueño erótico, la miró y comprendió el mensaje; lentamente dejo de oscilar su cuerpo y venirse de nuevo con orgasmos que la hacían gritar y llorar de felicidad. Satisfecha, se levantó y avisó a Vivian a tomar su lugar; esta obediente así lo hizo, en segundos acomodó su cuerpo y vagina directamente a la verga de Gus que parecía un mástil en medio de la selva velluda y húmeda de Vivian. Se colocó la cabeza de la tranca en el agujero virgen de su vagina, no pensó ni meditó la decisión tomada sino lo que su instinto la impulsaba a hacer, se la metió suavemente en medio del lubricante natural que apenas sintió un pequeño ardor, fue bajando con suavidad hasta tocar con su vulva los testículos de Gus.

El la miraba sonriente con todas las precauciones que estaba tomando, se incorporó para ayudarla por tener libre sus manos y sujetarla por la cintura para darle movimientos verticales y oscilatorios a sus cuerpos. La soltó de un brazo para buscar el seno para acariciarlo y chupar su pequeño pezón con el fin de despertar en ella más placer erótico del que estaba conociendo, con la otra mano acariciaba sus nalgas duras y musculosas, apretando y soltando cada una, ocasionalmente con el dedo índice le daba ligeros golpes a su ano sin penetrarlo.

A un lado de ellos acostada yacía Astrid, mirando con ojos de lujuria y envidia las caricias que él estaba haciéndole a su amiga; sintió celos porque a ella no le dio el mismo trato.

Gus acariciaba con sus labios y lengua el ovulo y agujero de las orejas de Vivian, diciéndole palabras y frases que la hacían disfrutar mucho más la pasión y el deseo sexual reflejados en la gran producción de orgasmos continuados. Minutos después Gus, le sugirió que cuando llegara el momento de eyacular el semen fuera recibido en su boca; Vivian entregada en cuerpo y alma a este hombre sin titubear aceptó la sugerencia. En contados minutos más, Gus le dio aviso que se corría, se levantó y limpió con la toalla la tranca que metió en la boca de Vivian. Astrid somnolienta en el sofá, ocasionalmente vio a Gus tratar de levantarse e ir hacia su amiga; ella se levantó también colocándose al lado de su amiga para recibir el espeso y transparente líquido –considerado por clubes de mujeres, "Elixir de la juventud femenina"-

Calma muchachas que tengo suficiente para las dos, dijo Gus. Efectivamente, la primera y abundante erupción la recibió Vivian con agrado, apartó su boca permitiendo que Astrid recibiera el resto y demás porque se quedó prendida del rabo en espera de otras erupciones del semental. "Bien muchachas, ahora me lamen el glande, expriman mi verga y succionen hasta la última gota de esperma" les dijo Gus. Ambas asintieron con movimiento de cabeza, ya que estaban felices y satisfechas para complacerlo en todo lo que les pidiera; porque gracias a él han conocido y disfrutado el sexo en todo su esplendor.

Los tres quedaron tendidos sobre el amplio sofá después del cansancio normal producido por el esfuerzo realizado para saciar el apetito carnal. Gus fue el primero en levantarse, agarró 3 botellas plásticas con agua dándoselas a cada una para enjuagar y tomar el precioso líquido al igual que él. Obedientes las chicas así lo hicieron, luego soltaron sendas carcajadas que el mismo Gus se contagió para compartir con ellas.

Eres todo un "maestro del sexo" profirió Astrid.

Gracias por el cumplido pero, en verdad aún sigo aprendiendo; por eso enseño y comparto lo aprendido respondió Gus.

"Que bello y hermoso es el sexo, especialmente cuando se hace con un hombre que sabe lo que hace como tú", comentó Vivian.

Gracias muchachas una vez más por sus elogios, respondió Gus con una amplia sonrisa que las mantenía cautivadas. ¿Qué hora es? Preguntó Gus.

Nadie tenía reloj a la mano, Vivian tomó su celular miró y dijo: Son las 11:45 a.m. ¡Caramba como pasa el tiempo! En media hora estará llamando mi madre desde su salón de belleza.

El tiempo no se detiene y mientras pasa transcurren muchas cosas, por ejemplo, la llamada de tu mamá dijo Gus señalando a Vivian, además tengo una inquietud y quiero preguntarles algo muy importante mis preciosas damas: ¿Ustedes antes no habían tenido sexo con un hombre?

¿Por qué lo preguntas Gus? Respondió Astrid con otra pregunta.

Es que al penetrar mi pene en sus vaginas, sentí que el himen de cada una de ustedes, no cedió libre a la presión de mi glande y cuando limpié mi verga con la toalla, vi manchitas de sangre señalando la prueba en sus manos. Las dos amigas se miraron confesas, sintiendo la necesidad de decirle que él era el primer hombre en sus vidas.

Les creo muchachas, respondiendo Gus a la confesión pero, de ahora en adelante tenemos que ser cautelosos y guardar este secreto.

No te preocupes Gus, nosotras sabremos guardar silencio dijo Astrid con voz firme; sin embargo, nos gustaría estar contigo otra vez para aprender más de ti sobre sexo mirando a Vivian, quien en silencio confirmó con una sonrisa.

Bien, entonces prosigamos con el aprendizaje erótico muchachas; ya practicamos el sexo oral y vaginal corresponde ahora hacer el anal. ¿Lo han hecho alguna vez? Interrogó Gus.

¡Nooooo! Contestaron Astrid y Vivian al unísono. A mí me gustaría hacerlo de primera respondiendo

Astrid y tomando la iniciativa.

Antes de continuar, quiero que se laven bien con agua y jabón sus genitales y muy especialmente el área del ano porque soy amigo y cómplice de la higiene para hacer sexo; mientras tanto voy en busca de un maletín con elementos propios para que sea placentera esta práctica sexual, conceptuó Gus al momento de levantarse e ir hacia el interior de la casa.

Astrid y Vivian, simultáneamente se levantaron dirigiéndose al baño para asear sus agujeros íntimos como Gus se los pidió. Minutos después cuando Gus regresó con un pequeño maletín de cuero fino, encontró a las dos chicas acostadas boca abajo en el sofá con el trasero levantado para inspección ocular del afortunado en acariciarlos y penetrarlos que era el mismo personaje.

Gus se acercó primero al culo hermoso de Astrid, lo acarició con sus manos, lo besó por todos lados, le dio pequeños y suaves mordiscos a las nalgas protuberantes y firmes; poco a poco se fue acercando al agujero rosado y marrón al centro, libre de estrías evidenciando la virginidad anal.

Mientras la acariciaba, tomó del interior de su maletín varias toallas anti-bacterianas para limpiar mejor el interior del ano, después de hacerlo le abrió las nalgas para dejar al descubierto el anillo precioso; pasó su lengua por fuera y dentro del agujero, lamiéndolo con movimientos circulares y rápidos, metía y sacaba la lengua del ano hasta el punto que Astrid empezó a sentir lo agradable que se sentía, empezó a mover el culo con lentitud acelerándolo en la medida que las caricias lo exigían. Gus estaba esperando esta señal para lubricarle el culo, agarró una pera de caucho llena de aceite a base de agua, acoplada a un vástago delgado que le introdujo con destreza, vació gran parte del lubricante rociando las paredes del recto. Mientras Gus hacía esta labor erótica, le dio una señal a Vivian para que se acercara y le chupara la tranca hasta ponerla erecta, ella enamorada y sumisa a sus caprichos obedeció la orden que cumplió a cabalidad.

Gus colocó a Astrid en posición de rodillas sobre el sofá para penetrarla por detrás sin hacerle daño, él se aplicó lubricante sobre el glande y resto del miembro, colocó la cabeza grande de su verga justo en el agujero de Astrid, la empujó suavemente para calibrar la resistencia del esfínter, este se ofreció con mucha generosidad debido probablemente al deseo mental que ella aplicó cuando le acariciaba el culo. Cuando el glande entró y pasó el esfínter, le preguntó: ¿Cómo te sientes querida? ¿Tienes algún dolor?

No, ninguno solo sentí un pequeño ardor cuando empezaste a meterla, contestó Astrid.

Muy bien querida, voy a meterla poco a poco pero cuando lo haga has una expresión de ¡Oh! alargado y de asombro; así lo hizo sintiendo que el recto lubricado se ampliaba en su diámetro para recibir al primer visitante en su íntima morada anal. Sin dolor ni molestia alguna, Astrid sentía que la tranca de Gus se deslizaba suavemente dentro su culo, le daba la sensación de tenerla en lo más profundo del intestino; cuando su piel tocó los testículos de Gus comprendió que ya la tenía toda dentro, él se quedó quieto para permitir que su tranca fuera reconocida y aceptada por el culo precioso de Astrid.

Por otra parte, Vivian ofrecía sus labios y lengua a Gus cuando él simultáneamente con los dedos de su mano derecha estaba masturbando la vagina de Astrid para que la musculatura anal se relaje y facilite la penetración del miembro varonil. Luego Vivian le entregó su pecho con sus senos erguidos y majestuosos como torres en Dubái, chupándolos y mordisqueándolos suavemente para satisfacer su ardiente pasión juvenil; a su vez, Gus con la mano izquierda acariciaba el trasero y vagina de Vivian para tenerla preparada cuando llegara su turno.

De un momento a otro, Gus sintió que el culo de Astrid empezó a moverse con lentitud indicando que la prueba fue superada; soltó temporalmente el cuerpo de Vivian para concentrarse en el tremendo culo de Astrid, sujetándola por la cintura y tomar control de los movimientos eróticos para hacer un sexo anal placentero. En un momento dado, Gus llamó a Vivian para compartir el 3x1, es decir, colocar a Astrid sentada sobre sus muslos no permitiendo que su verga salga del ano de ella en el cambio de posición, luego abrirle las piernas para acariciarle los labios vaginales y clítoris; la acción de Vivian es besarla y acariciar sus senos mientras Gus con voz romántica le dice al oído de Astrid "que bello y que placer siento hacerte la cópula anal". "Tienes un orificio profundo y justo a mi medida que te hará feliz ahora y te llevará a un paraíso sexual del que nunca imaginaste que existía". Todas estas palabras, Astrid las escuchó con agrado e hicieron aumentar su deseo y placer erótico soltando orgasmos uno tras de otro con fuerza incontrolable. Astrid estaba fuera de sí dando rienda suelta a todo lo que su cuerpo sentía y ansiaba en estos momentos de fabuloso erotismo; por momentos cambiaban de posiciones para disfrutar al máximo esta nueva experiencia de Astrid. Después de numerosos orgasmos, ella sintió los espasmos de la verga de Gus rociando su culo con el semen disparado por la misma quedando satisfecha al igual que su amante en turno. Por unos minutos quedaron enlazados como los perros en pleno acto de copulación, disfrutando la cercanía corporal de uno y otro para aprovechar el descanso del guerrero. Todo quedó en silencio por unos segundos, el sonido del celular de Vivian se encargó de romper la tranquilidad del ambiente; ella se incorporó lo agarró y miró para contestar "es mi madre", dijo en voz alta y se alejó del lugar en forma prudente para conversar con ella.

Por un instante, Gus había olvidado la presencia de Vivian debido a su concentración erótica con Astrid a quien le quería proporcionar lo mejor de esta práctica sexual. Rápidamente tomó control de la situación, se levantó del sofá donde quedó el cuerpo hermoso y desnudo de Astrid dormida; la levantó y la cogió entre sus brazos para depositarla en otro mueble más cómodo para que descansara a plenitud. Luego se dirigió al baño cercano a la piscina, tomó una ducha de agua fría para refrescar la sangre caliente que corría por sus venas y recargarla con nueva energía para complacer a Vivian.

Esta se encontraba aún con teléfono en mano hablando con la madre pero, sin quitarle la vista a Gus de todo lo que estaba haciendo con Astrid; minutos después cerró el celular acercándose a él con paso firme y elegante mostrando su figura preciosa desde arriba hacia abajo. Sobre este bello cuerpo, de frente sobresalen las torres gemelas en su pecho y la selva abundante de vellos cubriendo su pubis; por detrás, un trasero que debe ser la envidia de sus amigas y todos los que la conocen con un par de hoyuelos a los lados de su cintura desde donde se inicia su protuberante y elevado culo formado por dos nalgas firmes y fuertes que protegen y ocultan su ano.

Ella golosa de cariño y sexo se sentó sobre los muslos de Gus, cariñosamente le rodeó el cuello con sus brazos para decirle brevemente lo que habló con su madre; buscó los labios de él para entregar los suyos en un beso profundo y apasionado entrelazando sus lenguas en boca de ella unas veces y otras en boca de él por un período indeterminado. Gus, mientras la besaba sus manos recorrían todo su cuerpo y todo lo que estaba a disposición de sus deseos carnales; ella sumisa respondía con agrado todo lo que le hacía y decía a sus oídos cuando despegaban sus bocas, luego buscó sus senos con furia sin maltratarla ya que sus incipientes pezones aún no resistían el trato brusco del deseo sin control. Con todas sus caricias y en diferentes partes del cuerpo, Gus estaba buscando que Vivian llegara al punto máximo del deseo erótico para que sus músculos anales permitieran la entrada sin dificultad de su miembro eréctil.

La colocó en posición del 69 para besarle y chuparle todo lo que posee en su vagina, la parte que separa ésta del ano y éste por último mientras que ella chupara su tranca y testículos. Los movimientos que Vivian hacía gradualmente iban en aumento pero a su vez maltrataba el rostro de Gus por la montaña de vellos que rodeaba su vagina; a él esto no le importaba, por el contrario como estaban húmedos producto de los orgasmos, los lamía y metía en su boca para jalarlos suavemente cosa que enloquecía a Vivian. Llegado al punto deseado, Gus sacó de su maletín las consabidas toallas anti-bacterianas con las que limpió externa e internamente el ano de Vivian, quien le colaboraba adecuadamente en el proceso. Acto seguido colocó a Vivian en posición perfecta para acariciar su ano, ella en su pensamiento esperaba impaciente este momento; por fin el universo se conjuró para regalarle lo que tanto deseaba en cuestión de horas; simultáneamente sus dedos la masturbaba, en ocasiones le pellizcaba el clítoris que le hacía retroceder su trasero al momento que Gus introducía su lengua como víbora en el ano. Todas estas caricias cargadas de erotismo extremo, tenían a Vivian en un estado de ansiedad sexual que nunca se hubiera imaginado de lo que era capaz pero, este hombre sabía lo que hacía y su exploración tuvo éxito por lograr que ella conociera todos sus puntos excitantes en poco tiempo. Cada vez que Gus le metía los dedos en su vagina húmeda para masturbarla, estos producían un sonido como el de un pelotón marchando sobre un terreno bajo un torrencial aguacero. Así permanecieron por largos minutos donde Vivian entre suspiros, gemidos y lágrimas de placer que invadían el espacio que los rodeaba lo estaba disfrutando de manera fantasiosa y real a la vez.

Después de disfrutarla por la vagina, Gus pidió a Vivian que doblara sus rodillas a lado y lado del cuerpo de él para levantar su trasero y acariciarle el agujero sin estrías a su alrededor oculto entre sus nalgas. Seguidamente, le dio varios lengüetazos sobre el exterior y luego al interior del ano que la transportaron a un mundo de gozo y placer; a la vez Vivian chupaba y saboreaba la verga de Gus aplicándole velocidad a su boca y garganta porque deseaba tragársela toda pero, no podía ya que sentía que se ahogaba al pasar por la campanita en medio de su garganta; entonces repetía el intento sin lograr lo que quería. Esta chica producía en Gus un placer tan agradable que si algún día se decidiera a tener pareja, no vacilaría en tomar a Vivian, porque ella estaba lista para todo lo que él deseaba y respondía con placer. Llegado el momento y de acuerdo a su experiencia, Gus le introdujo con delicadeza a Vivian el vástago de la perilla con aceite para lubricarle el culo hasta lo más profundo de su recto. Hecho esto, la puso en forma cómoda para penetrarla, varias veces le pasó el glande sobre el agujero para prepararla mejor que Astrid. El sabía que ella era primeriza en esta práctica sexual, por tanto, no quería lastimarla; ya decidido, le introdujo con lentitud todo el glande sin problema con el esfínter que cedió fácilmente y que a partir de este momento le empujaría toda la tranca hasta el final. Al momento de recomendarle el sonido de asombro y sorpresa "oh" ella se adelantó haciéndolo alargado hasta que él la penetrara sin detenerse hasta el final. Ambos quietos por pocos minutos, esperando que los órganos sexuales de cada uno se ajustaran a la circunstancias; obtenido el resultado positivo, Vivian le pidió a Gus que la colocara en la misma posición que Astrid tenía, o sea, sentada encima de sus muslos, los dedos acariciando su vagina y le mamara los senos; sin pérdida de tiempo Gus la puso como lo pidió. Ella pisó el acelerador de su culo, dando giros alrededor del eje que la sostenía en principio y después perdió la brújula en el horizonte del placer. Al mismo tiempo Gus le introducía los dedos en la vagina subiendo y bajando a todo lo largo de su hendidura natural, con el dedo pulgar le tocaba y sobaba el clítoris que le hacía subir la pelvis cada vez que sentía que el orgasmo estaba por llegar; al mismo tiempo Gus le chupaba y mordía suavemente sus pezones, a este estilo erótico Gus lo llamaba 3 en 1 porque según él, era como si la mujer disfrutara el sexo con tres hombres al tiempo que llenaba la expectativa de su fantasía.

Por tiempo prolongado, Gus y Vivian estuvieron gozando y disfrutando el sexo que ambos querían en estos momentos; una veces entre gemidos y sollozos Vivian le decía "ay que rico es, dame más por el culo, chúpame las tetas, méteme todos los dedos en mi vagina, huy que hermoso es todo esto, Gus eres un hombre excepcional. El sonriente le contestó:" claro que si querida, tú también tienes lo tuyo, un culo ideal para mi tranca, con las medidas precisas y justas que me enloquece y emociona". Te quiero decir algo más: "cuando me corra y derrame el esperma en la profundidad de tu culo, con tus músculos internos me aprietas y exprimes la verga hasta sacar la última gota". No se te olvide amada mía.

No, no se me olvidara querido te lo prometo, confirmó Vivian jadeante y exhausta del intenso ajetreo físico sexual compartido. Finalmente los dos amantes sintieron la necesidad de tomar un descanso ya que Vivian estaba satisfecha en su pasión erótica, que entre suspiros y lágrimas su voluptuosidad se vio correspondida y Gus por su parte estaba a punto de regar el orificio ampliado en su diámetro con el semen concentrado en sus testículos, este fue brutalmente arrojado con un ¡Oh! Que delicioso Vivian, eres única; en segundos Gus sintió que la tranca estaba siendo exprimida por los músculos del recto para sacarle lo que aún estaba circulando en el conducto.

Ella lo miraba a él con devoción cuando le estaba apretando la tranca, le entregó sus labios los cuales fueron besados al instante hasta que Gus eyaculó totalmente, continuaron juntos y abrazados en posición fetal sin sacarle el miembro para ayudar a controlar conscientemente el reposo.

Por espacio de media hora descansaron, se levantaron del sofá abrazados por la cintura y caminaron hacia el baño, allí Vivian aseó los genitales de Gus y este a los de Vivian entre juegos y risas como niños. Luego Vivian se acercó a Astrid quien dormía aún al lado de ellos, la despertó y esta preguntó la hora. Vivian le respondió, las 5:00 pm marcaba el tiempo en su celular.

¡Huy se nos hizo tarde! contestó Astrid, tenemos que irnos para adelantar la cena que tu madre nos encargó. Ambas chicas agarraron sus trajes de baño, colocándose la camisa-toalla encima de sus cuerpos desnudos pero, antes de tomar las escaleras Astrid se acercó a Gus dándole un largo beso que fue correspondido; luego Vivian lo abrazó fuerte por el cuello atrayéndolo hacia ella, le propinó un ardiente beso apasionado, diciéndole "te amo" cuando separaron sus bocas. Al momento que Astrid iniciaba el ascenso de la escalera, miró a Gus con ojos de lujuria y le dijo: ¡Ojalá se repita este encuentro y pronto! Posteriormente Vivian con ojos de ternura, propios de mujer enamorada le habló también: "Yo también deseo estar contigo querido, para seguir aprendiendo cosas nuevas del sexo".

Así será muchachas, se los prometo si siguen mis instrucciones que enviaré al correo electrónico de Astrid. Ellas no le quitaban la mirada y él tampoco apostado al pie de la escalera pues, estaba deleitado observando los culos y raja vaginal de las chicas hasta llegar al punto más alto, en forma coqueta ellas levantaron en forma excesiva la pierna para que él las viera mejor en su intimidad cuando tomaron la que descendía al patio de la casa de Vivian.

Luego Gus subió rápidamente, agarró la escalera por donde ellas bajaron y después la de su patio; las colocó en un lugar seguro destinado para este fin.

Las dos amigas entraron a la casa, se dirigieron al baño para tomar una ducha; cuando se quitaron la camisa-toalla se miraron los pechos observando que estos estaban muy colorados y con huellas tenue de dientes en todos sus alrededores.

¡Oh Dios qué barbaridad! Dijo Astrid mirando los senos de Vivian y de ella frente al espejo. No podemos permitir que nuestras madres vean nuestros pechos por varios días. Así es amiga, debemos proteger nuestra intimidad incluso a nuestras madres menos a Gus, las dos estallaron en risas y agarradas de las manos entraron a la ducha para lavar sus cuerpos.

CAPITULO 2

Eran las 10:00 am cuando Ivonne llegó a la Capital del Estado para ejecutar y finalizar el cierre de un contrato a su representado en el negocio de Bienes y Raíces. Fueron 5 largas horas por carretera para arribar a su destino y culminar un negocio grande que venía desarrollando desde 15 meses antes.

Su amiga y colega de actividades profesionales Nuris quien representaba al vendedor del inmueble comercial, se hicieron grandes amigas a raíz de este negocio; entre ellas se comunicaban no solo el aspecto profesional y ético de sus actividades sino sus intimidades también, motivo por el cual Nuris mujer de unos 40 años pero aparentaba mucho menos edad por sus cuidados de la piel, alimentación y ejercicios regulares de gimnasia y natación, conservaba una excelente figura y muy atractiva para los hombres de cualquier edad.

Nuris le sugirió a Ivonne una semana antes de la cita para cierre del negocio, que tuviese un encuentro íntimo con un hombre que había conocido el mes anterior que se dedicaba al negocio del MLM erótico del cual él era su fundador y único representante.

Después de terminar con todo lo relacionado al traspaso inmobiliario, Nuris que conocía de antemano la situación

51

afectiva de su colega y amiga le aconsejó tener esta relación para equilibrar sus emociones para que siguiera cosechando éxito en su carrera y así evitar el acoso de los amigos de su difunto esposo –fallecido 3 años atrás a consecuencia de un paro cardíaco- para poseerla y aprovechar su excelente posición económica. En virtud de esto, decidió dedicarse por completo a la educación de su hija y su carrera de Agente de Bienes y Raíces, después de fallidos romances clandestinos.

Ivonne un tanto nerviosa con el corazón que se le quería salir del pecho, vio como los documentos y otros más que fueron adicionados al paquete de su representado; pasaron al estudio preliminar de los abogados, estos lo pasaron después a la Compañía de Títulos para finalizar la revisión y cierre del negocio de acuerdo a las leyes del estado. Satisfecha por la labor realizada, esperó en el vestíbulo de la inmensa oficina a su colega e ir juntas a almorzar y comentar el proceso y detalles del negocio.

Transcurridos unos minutos de espera, apareció la silueta espectacular de Nuris, que dejó entrever a causa de la luz solar que insólita atravesó la delgada tela del vestido ajustado que llevaba puesto, sus diminutas prendas íntimas y cuerpo bien formado. Agarró a Ivonne por el brazo para salir juntas al parqueadero del edificio donde ambas tenían sus carros estacionados. Eran las 12:50 pm mirando Nuris su reloj de pulsera, comentando a su colega que tenía una reservación para almorzar en un prestigioso restaurante de la ciudad y estaban atrasadas, por tanto, era recomendable ir en un solo carro en el de ella por supuesto, porque no estaba muy lejos. Sube a mi auto Ivonne y después regresamos por el tuyo para irnos a mi casa. Al momento de instalarse dentro del carro, Nuris le dijo a Ivonne: Amiga que buen trabajo hiciste, eso merece un beso y un brindis de mi parte; acercó sus labios a los de Ivonne que se encontraba desprevenida, le estampó un beso largo y ardiente que fue aceptado por ella lo que la convirtió en cómplice de lo que vendría en el futuro.

En pocos minutos llegaron al sitio escogido, allí un empleado les abrió la puerta saludando a Nuris por su nombre y con respeto, esta le contestó por educación, dirigiéndose donde otro empleado le hizo señas para sentarse en la mesa escogida por ella en la reservación quien abrió las sillas para que tomaran asiento. Nuris solicitó al mesero una botella de champagne para brindar por el éxito del negocio realizado. Entre risas y acontecimientos pueriles, las dos mujeres disfrutaron el almuerzo para luego regresar al parqueadero y recoger el auto de Ivonne con rumbo a la casa de Nuris en las afueras de la ciudad. Como era de esperarse, Ivonne iba detrás del auto de su colega y amiga que le había ofrecido aposento por el tiempo necesario para realizar el negocio y su encuentro sexual.

Después de atravesar calles y avenidas congestionadas de tráfico, llegaron a la casa en lo alto de una loma empinada; entraron al garaje espacioso abierto por control remoto, parquearon los vehículos y entraron por una puerta contigua hacia la amplia cocina, de esta se comunicaba con la sala y comedor; a un lado de este yendo hacia el patio se encontraba una oficina personal y después un gimnasio para terminar en la puerta del patio donde se encontraba la piscina bajo techo removible y muchos muebles metálicos y de mimbre. De vuelta a la sala, Nurys le indicó la escalera de mármol con pasamanos de madera tallada que conducía a los 4 cuartos que poseía la casa en el segundo piso. Luego salieron de la sala hacia el frente de la casa donde se observaba un precioso paisaje rodeado de árboles con hojas de diferentes colores. Ivonne contemplaba desde afuera la propiedad, hablando mentalmente "esta mujer si tiene buen gusto desde que obtuvo esta casa".

¿Qué te parece mi casa Ivonne? Sorprendida en sus pensamientos, ella le contestó: Es preciosa amiga, te felicito por esta adquisición. Disculpa amiga ¿cuál fue el valor de compra? Nada, sonriente le respondió Nuris, la adquirí de la herencia que dejó mi segundo esposo.

¡Ah! Entiendo replicó Ivonne.

Nuevamente entraron a la casa para sentarse en la amplia sala rodeada de muebles con exquisitos diseños, escogieron un sofá amplio de cuero para recostarse que gustoso recibió los traseros de estas despampanantes mujeres. Pasados unos minutos, Nuris se levantó para traer una bebida; entre sus manos trajo una bandeja con 2 copas y una botella de champagne de buena calidad, como toda una experta Nuris destapó la botella vaciando el líquido en las copas.

Bueno amiga y colega, poniéndose ambas en pie, sigamos brindando por el triunfo obtenido en el negocio que nos va a representar un excelente ingreso; levantaron sus copas, las chocaron y tomaron el contenido con sumo placer. A propósito, dijo Nuris a Ivonne, te recuerdo que hoy tienes que hacer la transacción monetaria a la cuenta del afortunado hombre que te hará suya por 48 horas. Después lo llamaré para confirmar la cita el viernes por la tarde. Si claro amiga, hagámoslo enseguida, caminó rumbo a su maletín de ejecutiva sacó su billetera y extrajo su tarjeta de crédito igualmente el laptop donde había llenado la aplicación e inquirió a Nuris los números de la cuenta; introdujo la cantidad estipulada y en segundos recibió la confirmación.

Listo amiga ya tengo la confirmación, aquí está escrita entregándole la computadora portátil. Inmediatamente Nuris llamó y dejó el mensaje para darle cumplimiento al contrato erótico.

Mientras consumían el resto de champagne, Nuris le preguntó: ¿Qué quieres hacer ahora, descansar o ir a las tiendas? Sinceramente amiga quiero descansar un rato y nadar después, contestó Ivonne.

Muy bien eres mi invitada, por tanto tus deseos serán cumplidos, asintiendo Nuris.

Al terminar de consumir lo que había quedado en la botella de champagne y hablar de tantas otras cosas irrelevantes en la vida de ambas mujeres, subieron al segundo piso abrazadas por la cintura para entrar en la alcoba principal donde dormía la anfitriona por supuesto, luego le mostró los 3 cuartos restantes del mismo diseño y baño privado en cada uno.

Me agrada tu casa amiga, está bien diseñada y distribuida, manifestó Ivonne.

Me alegro que te haya gustado, porque esta será tu casa cuantas veces quieras venir a la capital.

Gracias amiga, te lo agradezco de todo corazón.

No, no me agradezcas nada; la verdad que me caes muy bien y tenemos muchas cosas en común, manifestó Nuris sonriente.

Regresaron al cuarto principal, donde Nuris le mostró a Ivonne la colección de vestidos de baño de 2 piezas todos nuevos para que escogiera el de su agrado.

¡Caramba amiga qué colección tan bonita y variada! Dijo Ivonne emocionada a su amiga, bueno me pondré este aunque todos me gustan por sus colores, variedad de estampados y diseño.

Que bien te va a lucir y espectacular ya verás, entonces yo tomaré este para acompañarte, manifestó Nuris entusiasmada con la idea.

Ambas se despojaron de sus trajes elegantes, poniéndolos sobre la cama; Ivonne entró al baño privado elaborado con finos acabados de la alcoba, para colocarse el diminuto traje de baño, su sorpresa fue mayor al ver sobre el tocador empotrado en la pared varios penes de diferentes tamaños y material, su mente elaboró de inmediato este pensamiento "esta mujer es demasiado ardiente o es ninfómana". Abstraída en su pensamiento, no sintió los pasos de Nuris acercándose por detrás dándole una palmada suave sobre su precioso trasero. ¿Estás lista amiga? Le inquirió Nuris.

Si amiga ya estoy lista, le dio por respuesta Ivonne, dándose los ajustes necesarios en la pieza superior que solo cubría sus puntiagudos pezones, sin hacerle comentario sobre lo visto en el tocador.

Te ves preciosa amiga, te lo dije eres una diosa hecha mujer espetó Nuris con un silbido agudo.

Gracias colega por la deferencia pero, tú te ves espectacular también con esas prendas sobre el cuerpo bien formado que tienes, reaccionó Ivonne.

Juntas y agarradas de las manos, bajaron las escaleras talladas en los pasamanos con preciosos diseños; salieron al patio dirigiéndose a la ducha primeramente para preparar el cuerpo del agua a recibir pero, antes se colocaron los gorros para no mojar sus cabelleras bien cuidadas de colores negra y rubia.

Volvieron a tomarse de la mano para caminar hasta la orilla de la piscina, aquí Ivonne soltó a su amiga y como toda una experta sirena se zambulló al agua hasta tocar fondo de la piscina, dio varios giros de un lado a otro demostrando sus capacidades pulmonares. Cuando salió a la superficie para tomar aire, oyó sonoros aplausos provenientes de Nuris por la pericia demostrada en el fondo de la piscina.

Entre risas, juegos y coqueteos femeninos, las dos amigas disfrutaron la tarde, después de nadar por espacio de 2 horas se quitaron las 2 piezas del traje de baño y fueron a la ducha para quitarse el olor típico del agua de piscina; tomaron toallas extra largas para secarse que luego cubrieron sus cuerpos anudadas por encima de los pechos preciosos que como cañones querían reventar la toalla que los cubría. Posteriormente, entraron a la casa sentándose ambas en el amplio sofá de cuero que sin quejarse aceptaba los dos protuberantes y hermosos traseros sobre su textura.

Con voz autoritaria Nuris le dijo a Ivonne: Voy a preparar unos bocadillos con queso, jamón y chorizo acompañados de un buen vino rojo que te vas a chupar los dedos.

Excelente idea amiga Nuris si quiere te ayudo, contestó Ivonne.

No, de ninguna manera tu eres mi invitada y debo atenderte como te mereces, subrayó Nuris.

De acuerdo amiga, contestó Ivonne; para seguir hablando de los temas que nos interesa.

Mientras la exuberante Nuris preparaba el plato de bocadillos en la cocina, Ivonne aflojó el nudo que sostenía la toalla encima de sus senos deslizándose esta hasta sostenerse en sus caderas para secar algunos puntos húmedos en el tórax y espalda. Logrado su cometido, trató de subir nuevamente la toalla hasta el sitio donde la tenía anudada pero, la parte de abajo se atascó y no pudo subirla; en esos momentos entraba Nuris con la botella de vino rojo y dos copas con la toalla apretada a la cintura, o sea, con el pecho descubierto.

¡Vaya! ¡Vaya! No sabía que a mi colega también le agradaba estar con el pecho al aire libre, dijo Nuris sonriente.

No, no es así amiga le reprochó Ivonne; las circunstancias me acusan pero por tratar de secarme la espalda y parte del pecho donde sentí humedad, se me cayó la toalla y se trabó en el mueble por eso me ves semidesnuda.

No te preocupes amiga, estamos iguales hay que festejar la ocasión, dijo Nuris soltando una carcajada en cadena con la complicidad de Ivonne que después de verla también acompañó el festín de risas.

Minutos después de servir y brindar la primera copa de vino, Nuris fue en busca de los famosos bocadillos preparados por ella, los colocó en una bandeja de lujo que puso en una mesa cercana a ellas que rápidamente empezaron a degustar con aprobación del órgano del gusto.

En un momento dado, Ivonne cabalgó su pierna izquierda sobre la derecha dejando caer accidentalmente aún más la toalla hacia el suelo; dejando descubierta su pierna y muslo desnudos.

En ese momento, Nuris ponía su copa de vino en la mesa viendo un espectáculo hermoso en la extremidad de su amiga; sin poderse contener Nuris tomó la pierna de Ivonne para colocarla encima de las de ella, se animó a acariciarla suavemente a todo lo largo por varios segundos diciéndole: Amiga como envidio tus piernas, están lindas y bien torneadas. ¡Ah! Te felicito por pertenecer al Club de las Depiladas como yo, mostrándole su pubis totalmente rasurado.

¡Oh sí! Contestó Ivonne, desde los 17 años vengo haciéndolo por higiene, tú sabes eso.

Claro que lo sé amiga, no solo por higiene sino por sexo y placer también, le argumentó Nuris.

Ambas rieron a carcajadas por la expresión de Nuris. De pronto todo quedó en silencio, los ojos de la anfitriona miraban detenidamente los labios gruesos de Ivonne; definitivamente amiga tus labios son tan naturales, bien delineados y hermosos que la misma Angelina Jolie te los envidiaría.

Qué cosas se te ocurren decir Nuris si ella ni siquiera sabe que yo existo dijo Ivonne con una sonrisa amplia y contagiosa.

Déjame ver una cosa más, argumentó Nuris, te voy a comparar los labios de tu boca con los de tu vagina; abrió sin previo aviso las piernas preciosas de Ivonne, mirando de arriba hacia abajo varias veces para finalmente decir: amiga, los tienes igual de gruesos, si no lo veo no lo creo.

Ivonne en posición de piernas extendidas sobre las de su amiga, perpleja por lo que estaba ocurriendo frente a sus ojos; se sintió incomoda tratando de taparse con la toalla pero, esta estaba prácticamente en el suelo, su amiga fue más rápida y cubrió con sus manos el pubis completamente desnudo. Con una señal de sus labios, Nuris la invitó a mantener silencio; así transcurrieron varios segundos mirándose a los ojos trayendo consigo el fantasma del pasado. Cada una evocó lo que creía tener desterrado de su inconsciente, los ojos color carmelita de Nuris, dieron una mirada intensa, amorosa y llena de pasión sobre los ojos azules de Ivonne, quien no acertaba a comprender la relación entre la película grabada muchos años atrás con el calor que emanaba de su piel en estos momentos.

Nuris sin medir consecuencias, aprovechando el factor sorpresa inclinó su cuerpo hasta alcanzar los labios de su amiga, dándole un beso sutil que luego se convirtió en fuego cuando fue correspondido por el estado irreal de conciencia de Ivonne, quien como en el pasado aceptó la responsabilidad de un beso ansioso y lujurioso que le produjo una sensación agradable en su cuerpo.

Las dos amigas fundieron sus labios, entrelazando sus lenguas en un beso prolongado hasta quedar sin respiración, recorriéndose mutuamente con la lengua otras partes cercanas a sus bocas. Nuris que había tomado la iniciativa, fue bajando lentamente hacia los senos de su amiga que acarició con su lengua y chupaba con maestría para continuar bajando hasta tener frente a su boca, los labios vaginales de Ivonne; quien sin oponer resistencia se los cedió presa de una pasión intensa que la tenía ciega por momentos para ser acariciados y chupados por su amiga en la intimidad. Por un período largo las dos amigas disfrutaron de esta práctica oral del sexo, hasta que Ivonne con voz débil le suplicó a Nuris: "por favor, ya no más, no debemos hacer esto más". Al escuchar la voz trémula y suplicante de Ivonne, su amiga la guapísima Nuris apartó sus labios y lengua de la vagina húmeda de Ivonne exclamando: "Lo siento mucho amiga nos hemos excedido, disculpa mi actitud y ansiedad pero es que no pude contenerme; es que eres tan hermosa y de momento se apoderó de mi mente el fantasma del pasado".

Ambas mujeres se incorporaron, pensativas continuaron sentadas en el sofá; Ivonne tomando la iniciativa, con su mano derecha tomó la cara de Nuris con suavidad, se la levantó preguntándole: ¿tuviste alguna experiencia similar en el pasado? Si amiga, con una prima un año menor que yo cuando tenía 17 años; duramos un año de relación íntima y eso me hizo pensar que iba a ser lesbiana por el resto de mi vida, por eso al verte desnuda y ver tus atributos físicos me volví loca.

Te entiendo, contestó Ivonne, yo también tuve algo parecido en el pasado con una compañera de escuela, es decir, me deje besar por ella cuando me declaró su amor hacia mí y esto fue visto por otras condiscípulas en el baño del colegio por supuesto, esto creó un escándalo en la institución que nuestros padres se vieron obligados a separarnos y no la volví a ver después de lo sucedido.

Perdóname amiga, no volverá a pasar más te lo prometo; susurró Nuris al oído de su amiga Ivonne. Luego se levantaron y juntas empezaron a subir las escaleras hacia sus respectivos aposentos, antes de entrar, Nuris le comentó a su colega que al día siguiente por la mañana tenían que recoger en la Compañía de Títulos el documento de su cliente que lo acreditaba como el nuevo propietario y luego ir a almorzar para estar listas antes de las 4:00 pm la hora convenida de la llegada de Gus "El mensajero del Placer" como lo llamaba Nuris. A propósito, no me has hablado nada sobre él, replicó Ivonne. Bueno querida amiga, mañana te hablo de lo poco que le conozco y que pases unas buenas noches, culminó Nuris la charla. Está bien amiga, lo haremos como tú digas e igualmente que tengas buenas noches subrayó Ivonne. Nuris antes de entrar a su recámara, vio a su amiga desnuda caminar con paso lento y coqueto dirigirse al cuarto de huéspedes. Ivonne por instinto femenino volteó su cabeza hacia atrás, viendo la mirada lasciva y provocativa de su colega en medio de la tenue luz que alumbraba el pasillo. Con un mohín natural en su cara, saludó con su mano entrando en el cuarto. Luego fue al baño para asearse sus dientes y partes íntimas, una vez finalizado se acostó cubriendo su cuerpo desnudo con una sábana porosa y delgada hasta quedar completamente dormida.

Nuris por su parte no podía conciliar el sueño, las imágenes de minutos antes junto a Ivonne le martillaban las sienes; no encontraba la posición adecuada para dormir, miraba a cada momento la puerta de su alcoba, esperando oír algún toque o abrirse lentamente para permitir la entrada de Ivonne para continuar disfrutando los juegos eróticos que ambas habían disfrutado momentos antes. Nada de esto ocurría hasta que por fin se quedó dormida ajena a todo deseo que su cuerpo y mente deseaban.

A la mañana siguiente, Ivonne bajó sonriente, bella y elegante hasta llegar a la cocina, donde la esperaba Nuris con una taza de café de aroma agradable; se dieron los buenos días con un beso en la mejilla. ¿Deseas comer algo querida? preguntó Nuris. La verdad que no tengo hambre, con este café es suficiente para mí por el resto de la mañana, contestó Ivonne.

Bien, ahora quiero que me digas lo que sabes de Gus, estoy intrigada y debo estar loca cuando acepté tener un encuentro sexual con alguien a quien no conozco ni en foto, completó la rubia de ojos azules y cuerpo de guitarra cabalgando una pierna sobre la otra.

Ja, ja, ja, ja rio Nuris al escuchar a su amiga, no te preocupes que no te arrepentirás de esta cita con el placer. Tengo en mi celular, una foto de él desnudo pero no se lo digas ya que se la tomé dormido durante nuestro primer encuentro. Acto seguido sacó su teléfono, anotó la contraseña que en segundos obtuvo la foto del "mensajero del placer" como Nuris lo identificaba; acercándose a Ivonne que aún se mantenía en pie, la invitó a sentarse en el mismo sofá que en la noche anterior habían gozado de un placer que siempre sería recordado por las dos amigas. Observa querida, este es el hombre que te va a ser muy feliz por dos días y dos noches, sus cabellos son castaños claros, tiene ojos verdes de ensueño, mira su rostro ¿es atractivo verdad? Ivonne asintió con la cabeza. Nuris seguía bajando lentamente la foto y esta vez mostrándole sus pectorales y abdominales, luego le dijo: "ahora vas a ver lo que te penetrará por todos tus agujeros". Por su lado, Ivonne estaba un tanto nerviosa e inquieta por ver lo que su amiga le decía ¿Qué quiere decir con eso de penetrarme por todos mis agujeros? Por toda respuesta, Nuris mirándola directamente a los ojos azules de su amiga le preguntó: ¿Tú has hecho el sexo oral, verdad? Si contestó Ivonne. Nuris prosiguió: ¿El sexo vaginal? Por supuesto, confirmó Ivonne. ¿El sexo anal? Continuó Nuris interrogándola. Ivonne se quedó en silencio por varios segundos. ¿Acaso nunca lo has hecho? Inquirió Nuris. Ivonne carraspeó su garganta diciéndole, "la verdad es que lo hice una vez con mi difunto esposo pero, la experiencia fue dolorosa para mí porque me hizo llorar y él que me amaba tanto, me prometió no volver a insinuármelo porque no quería hacerme daño y lo cumplió hasta su muerte.

No sabes de lo que te has perdido todos estos años amiga, dijo Nuris a su amiga; de todas maneras te lo digo porque él te lo va a insinuar como también te informo que si no lo deseas, él aceptará tu decisión. Atenta a todas las palabras de su amiga, Ivonne le preguntó: ¿Cómo es él, cuál podría la diferencia con mi pasada experiencia? Es sencilla la respuesta amiga mía, contestó Nuris. La diferencia consiste en que Gus tiene mucha experiencia sobre el sexo anal porque él sabe adecuar, preparar y estimular el ano para obtener placer anal combinado con el vaginal.

¿Cómo así? Interrogó Ivonne a su amiga, me tienes nuevamente intrigada finalizando su inquietud.

Querida amiga, te recomiendo tener paciencia, deja que llegue el momento y te sorprenderás de lo maravilloso que es; es más, te aseguro que no te vas arrepentir sentenció Nuris. Dejemos la charla a un lado y sigamos viendo la foto de Gus ¿no te parece? Le interrogó. Está bien amiga respondió Ivonne.

En estos momentos vas a observar la verga de Gus, mira esto –Nuris con sus dedos amplió el tamaño de la imagen en la zona de los genitales- Ivonne al observarla emitió un gemido de sorpresa exclamando ¡Santo Dios, que pene tan largo y grueso! ¿Cómo será el tamaño cuando esté excitada? Se preguntó a sí misma en voz alta. No amiga, no estoy segura que pueda aguantar semejante tamaño de miembro en mi vagina y menos en mi ano que es pequeño y estrecho; recuerdo que mi difunto esposo cuando tenía su pene dormido medía dos pulgadas y media y cuando estaba erecta alcanzaba a medir siete pulgadas y media de largo y no era tan gruesa como la de este hombre, subrayó Ivonne.

No te preocupes apreciada amiga, nosotras las mujeres tenemos la ventaja que cuando nos excitan como debe ser, la vagina actúa como un globo cuando lo inflan, es decir, somos capaces de soportar el tamaño que tiene la tranca de Gus e incluso más grande de ser posible, en otras palabras, nuestros agujeros se estimulan de tal manera que todo lo que penetra es bienvenido y satisfactorio para el cuerpo y la mente ya sea por delante y por detrás, ten eso siempre presente.

Dicho lo anterior, Nuris agarró por un brazo a Ivonne diciéndole: Vamos amiga a la Compañía de Títulos para recoger los documentos de tu cliente, luego nos vamos a almorzar porque de regreso debemos estar aquí antes de las 4:00 pm porque Gus es puntual a la cita; además tengo que empacar algunas cosas porque viajo a la Universidad Estatal, donde estudia mi hijo y le prometí pasar este fin de semana con él.

¡Oh no sabía! Contestó Ivonne, entonces vámonos enseguida amiga. A propósito cuando obtenga el título de mi cliente, llamaré a mi hija porque ayer me olvidé de hacerlo, no me lo puedo perdonar.

Una vez que recogieron los documentos, la hermosa Nuris preguntó a su colega: ¿Quieres almorzar al mismo restaurante de ayer o prefieres ir a algún otro? Ivonne pensativa demoró unos segundos en responderle: Si amiga vamos al mismo lugar, el sitio me fascinó por la variedad de comida nacional e internacional y la atención excelente.

Entonces vamos para allá y me alegro que te haya gustado, es mi preferido le respondió Nuris. Al llegar al restaurante, como siempre sucedía que Nuris llegaba, el personal de empleados la saludaba con cariño y esto no pasó desapercibido para Ivonne quien susurró a Nuris la frase: "Te tratan como una reina".

¿Te fijaste? Comentó Nuris prosiguiendo: esto es lo que más me agrada de este lugar, el cariño y el servicio excelente desde el gerente hasta el que recoge los platos; también –con una amplia sonrisa- porque doy buenas propinas. Conocedores del gusto de ella, el mesero asignado trajo consigo su bebida preferida, una botella de vino tinto con dos copas en las que vertió el líquido rojo con elegancia para las dos mujeres elegantes y preciosas. Inmediatamente, solicitaron el menú para comer algo mientras conversaban sobre los aspectos relacionados del negocio ejecutado y a su profesión.

El tiempo transcurría en su marcha sin detenerse, cuando Nuris miró su reloj lanzando una exclamación: ¡Dios mío! Ya son las 2:30 pm, nos cogió la tarde amiga, vámonos rápido porque tengo que empacar y Gus es muy puntual.

Si vamos contestó Ivonne, préstame tu celular para llamar a mi hija porque el mío lo dejé en tu auto para cargar su batería. Si aquí lo tengo, tómalo por favor dijo Nuris mientras solicitaba la cuenta al mesero para cancelar el servicio prestado. Al momento que Ivonne anotó el número de seguridad en el teléfono, salió la foto al desnudo de Gus, la que se quedó mirando sin parpadear por varios segundos, recorriendo su vista de arriba hacia abajo escudriñándola especialmente en el área de los genitales.

¿Por qué tienes esta foto de Gus al abrir para usar tu teléfono? Preguntó Ivonne.

Es que esa foto es mi bálsamo diario, respondió Nuris.

¡Ah te entiendo amiga! Argumentó Ivonne.

No, no lo puedes entender amiga mía; mientras el común de la gente coloca la foto de un ser querido, su mascota o un paisaje cualquiera, yo elegí esa foto porque desde que conocí a Gus mi vida cambió.

¿Cómo cambió él tu vida? Preguntó con asombro Ivonne.

¡Todo! Exclamó Nuris. El me dio el valor que merezco y mi autoestima se elevó de tal manera que se lo agradeceré toda la vida, porque antes, por razón de mi negocio me he acostado con muchos clientes para obtener beneficios financieros pero, por dentro me sentía vacía, o sea, desconocía la esencia de una relación íntima, es decir, hacía sexo con la mayoría de los clientes que representaba; cuando me invitaban a comer y beber vino terminábamos en la cama. Esa era mi vida antes de conocer a Gus.

Te aconsejo amiga mía, cuando estés con él abre tu mente y aceptes todas las sugerencias que te haga cuando estén en la intimidad; comprobaras por ti misma el arte del placer y el sexo erótico, concluyó.

Antes de subir al auto, Ivonne llamó a su hija quien contestó inmediatamente el llamado: ¿Cómo estás hija? Preguntó. Al otro lado, la voz juvenil y pausada que irradiaba felicidad le contestó: Muy bien madre, estoy muy feliz; te confieso que entregué mi virginidad y fue maravilloso.

¡Oh sí! ¿Y cuándo fue eso? Preguntó Ivonne.

Ayer madre, respondió Astrid. Cuando regreses te contaré todo en detalles.Está bien hija, regreso el domingo antes de caer la noche. Te quiero, me saludas a Eva y a Vivian.

Está bien madre, se los diré que tengas unos días maravillosos, concluyó Astrid la llamada.

Por unos instantes Ivonne se quedó pensativa, luego una sonrisa afloró en sus labios pensando que su hija ya había disfrutado el sexo y por lo que escuchó en su voz, el hombre que la sedujo debía tener experiencia y se preguntó a si misma ¿quién será? ¿lo conozco? En fin cuando regrese me lo dirá.

Nuris al volante, miró de reojo a su amiga y le preguntó: ¿Qué pasó con tu hija?

Ivonne con una sonrisa cautivadora le contó a su amiga todo lo que Astrid le dijo e incluso la confianza que existía entre ellas sobre los temas sexuales.

Por su parte, Nuris la felicitó por esa actitud con su hija lo que ella nunca hizo con su hijo; quien perdió su virginidad a los 13 años de edad.

¡Verdad no lo puedo creer qué mujer lo sedujo? Inquirió Ivonne.

No es lo que tú piensas amiga, mi hijo es homosexual y el muchacho que lo violó es aún su pareja y viven juntos, ya que ambos estudian en la misma universidad del estado.

¡Ah ahora entiendo! Entonces diste tu aprobación para estar juntos, contestó Ivonne.

Así es amiga, no tuve más remedio porque no se puede luchar contra la naturaleza humana y menos contra las inclinaciones sexuales, completó Nuris en tono complaciente por la decisión de su hijo.

Por fin llegaron a la residencia lujosa de Nuris. Estacionó su carro a un lado de la entrada principal de la casa e inmediatamente subieron ambas a la alcoba de Nuris. Esta le sugirió a Ivonne tomara una ducha en su cuarto y se colocara una ropa deportiva sin interiores como antes le había mencionado para lucir sexi y provocativa ante los ojos de Gus ya que –miró su reloj- en 30 minutos él llegaría a la casa.

¿Acaso no quieres que te ayude a empacar? Inquirió Ivonne.

No amiga no te preocupes, es poco lo que me llevo porque siempre dejo ropa allá; apenas recojo lo necesario, tú eres la que estás atrasada respondió Nuris.

A las 3:58 pm sonó el timbre de la puerta, rápidamente Nuris fue al cuarto donde estaba Ivonne, entró sin previo aviso viéndola desnuda dispuesta a ponerse el short de color blanco combinado con una blusa rosada sin ninguna prenda íntima como ella le recomendó.

"Qué cuerpo tan hermoso, qué senos y qué culo tan bellos tienes mi querida amiga" refiriéndose a Ivonne quien sorprendida por la entrada imprevista de su amiga no pudo disimular sonrojarse por el comentario obsceno. Gracias por tus elogios Nuris, te los agradezco ellos suben mi autoestima para el encuentro de fantasía, respondió Ivonne.

Ja, ja, ja, ja, que bella eres con esa respuesta tan sutil amiga mía, contestó Nuris y prosiguió: termina de arreglarte que bajaré para abrir la puerta y preparar las copas para brindar por el encuentro ¿no te parece? Sentenció Nuris.

Está bien amiga, se hará como tú lo digas confirmó Ivonne la idea de su anfitriona.

Una vez en la planta baja, Nuris abrió la puerta y vio en el umbral de la misma al apuesto Gus, vestido deportivamente como era usual en sus citas de sexo y placer; se abalanzó sobre él para darle un beso en la boca que fue correspondido por parte de él y muy intenso. Seguidamente lo introdujo en la casa cerca de la cocina donde con la mano derecha, la acercó al área de los genitales de Gus preguntándole ¿vienes sin interiores verdad?

Por supuesto, contestó él.

¿Me permites darte una mamada? Suplicó Nuris.

Bueno, no sé si tu amiga está esperándome ya ¿no es así? Interrogó Gus.

Si pero ella aún no ha bajado las escaleras, solo son unos minutos mi amor, dijo Nuris con voz suplicante.

Está bien querida, le respondió Gus.

Sin pérdida de tiempo Nuris bajó la cremallera del short, metió una mano sacando la flácida verga e inmediatamente se la introdujo en la boca empezando a lamerla y luego chuparla como él la había enseñado desde la primera vez que tuvieron juntos en una cama.

Cuidado Nuris que oigo unos pasos procedentes de la escalera, murmuró Gus.

Como un relámpago Nuris apartó su boca de la tranca de Gus, hizo lo que pudo para devolverla a su sitio; este se sentó para terminar de guardarla y cerrar la cremallera mientras Nuris vaciaba el vino en las copas previamente instaladas en una mesa cercana a la cocina. Luego le pidió a Gus que cogiera la copa para Ivonne y la de él para juntos acercarse al pie de la escalera, donde vieron la figura atractiva de la rubia con ojos azules y brillantes bajar el último peldaño. Nuris empezó a golpear las copas entre sí, cuando Gus entregó la copa a Ivonne anunciando en voz alta los nombres de sus invitados. Acto seguido, dirigiéndose a Ivonne le dijo: "Amiga este es el hombre que habías soñado y está aquí para complacerte en todas tus fantasías". Gus se acercó a ella, le tomó una mano estampando un beso sobre el dorso de la misma diciendo estas palabras: "La mujer es la creación más hermosa sobre la tierra, si es bella como la que estoy viendo frente a mí, soy un hombre con suerte al ver tanta dulzura en tus ojos y un cuerpo de líneas finas trazadas por un gran pintor".

Esta expresión agradó a Ivonne que, con una sonrisa agradeció el piropo.

Sin darse cuenta, en segundos se vio entre los brazos de este hombre que nunca había visto; quien la jaló con suavidad hacia él, olisqueando su cuello y debajo de su cabellera rubia y hermosa diciéndole: "Emanas de tu piel y cabellera un olor como de jardín florido que agradan mis sentidos" apuntó Gus. Estas palabras estaban haciendo eco en los oídos y mente de Ivonne, su sensibilidad y sentimientos guardados por mucho tiempo estaban brotando a gran velocidad por las palpitaciones aceleradas de su corazón.

En este momento, Nuris alzó su copa para brindar por el encuentro íntimo de Ivonne y Gus en su casa; tomaron el oscuro líquido de sus copas que al consumirlo Nuris sugirió un beso en sus labios. Sin más preámbulos Gus tomó a Ivonne por la cintura atrayéndola hacia su cuerpo, posó sus labios sobre los de ella saboreándolos por varios segundos; luego introdujo su lengua que frenó cuando sintió los dientes de Ivonne que le impedían penetrar el órgano del gusto, él entendió esta actitud por ser la primera vez y en presencia de su amiga. Minutos después despegaron sus labios, momento que aprovechó Nuris para despedirse de ellos, ofrecerle su cama para disfrutar el sexo; les dio un abrazo y un beso en la mejilla a cada uno, tomó su maleta pequeña de viaje saliendo de la estancia y cuando salió le puso seguro a la puerta principal para luego colgar un letrero que se leía "NO MOLESTAR"

Antes Ivonne y Gus alzaron sus brazos para despedir a su amiga común, luego se miraron a los ojos profundamente y sin pensarlo más unieron sus bocas en un beso profundo que esta vez de común acuerdo si intercambiaron sus lenguas; en esta oportunidad Gus con destreza aflojó los botones de la blusa transparente de Ivonne, surgiendo de adentro los senos preciosos de ella que empezó a acariciar con sus manos mientras la seguía besando. Luego recorrió su cuello hasta llegar a las torres gemelas donde vio los pezones erguidos para acariciarlos con su lengua y luego chuparlos sin maltratarlos. A cada paso que Gus avanzaba en sus caricias, Ivonne gemía de placer; luego le bajó el short en su totalidad colocando los dedos de su mano izquierda que tocaron el líquido blanquecino o transparente que sale de las glándulas de Skine. Ella sintiendo la mano y dedos de Gus sobre su vagina que se movían con rapidez, instintivamente empujaba su pelvis acompañada de ligeros movimientos de cadera que la hacían desfallecer. De pronto Ivonne se sintió por los aires y luego en los brazos fuertes de aquel ser humano que la llevó y colocó sobre el sofá, en el que la noche anterior su amiga y colega le había chupado su clítoris y labios vaginales. Abrió sus piernas para acomodarla de tal manera que le permitiera ver su sexo libre y rasurado, acercó su boca dando comienzo a chuparle los labios vaginales; luego con su lengua le acariciaba el clítoris que iba de arriba hacia abajo hasta la zona que separa la vagina del ano, en este lugar Ivonne sin contenerse jadeaba y sollozaba del placer erótico porque era algo nuevo para ella, ya que su ex-esposo ni las relaciones posteriores le habían descubierto esta zona erógena. Sus espasmos eran tan seguidos y orgasmos por supuesto, que su cuerpo y mente pedían a grito tener el miembro masculino de su pareja dentro de la vagina.

Gus por su experiencia, se dio cuenta que con esta mujer tenía que cambiar el esquema que siempre le había dado resultado; en estos momentos ella ansiaba ser penetrada, lo que hizo inmediatamente en forma lenta hasta penetrarla totalmente. Al estar él encima de ella, esta colocó sus piernas como tenazas alrededor de los muslos de Gus para soltar todas las ataduras que le habían impedido tener orgasmos sucesivos con la tranca dentro; sentía una sensación tan agradable que mascullaba entre dientes: ah, ah, ah, ah, ah, hay que rico, dame más, dame más, así, así, así, así, papi ah, ah, ah, ah, ah, ah que rico papi. Gus por su parte, estaba haciendo un esfuerzo para no correrse y llenar del esperma el agujero agradable de Ivonne. De pronto, la voz jadeante de Ivonne le pedía que le apagara el fuego que le quemaba sus entrañas siendo esta la señal esperada por él, quien le descargó tres rociadas de semen en lo más profundo del orificio vaginal. Luego le susurró al oído "ya te acabo de apagar el volcán con mi lava ardiente". Ivonne musitó: "si amor ya sentí tus ráfagas en las paredes de mi vagina, no te imaginas lo feliz que me has hecho sentir".

Gus trató de levantarse para que ella no siguiera soportando su peso pero, Ivonne le pidió que no lo hiciera porque quería tenerlo encima más tiempo para abrazarlo con sus extremidades superiores e inferiores e incluso mantener su pene dentro de su vagina.

Está bien cariño como tú quieras, le contestó Gus y prosiguió: pero solo por unos minutos más, porque es preferible que estés encima de mí. Ella asintió, pasados unos minutos cambiaron de posición sin desprenderse del rabo que los unía; en la nueva postura Gus empezó a acariciar sus nalgas fuertes y musculosas producto del deporte y ejercicios desde su niñez. En pocos minutos, Gus sintió la respiración normal de Ivonne sobre su pecho producto del cansancio en la etapa relajante después del coito; sin embargo, él continuó pasando suavemente sus manos sobre el trasero precioso de su compañera en turno. Después humedeció sus dedos con saliva e inició movimientos circulares y ligeros golpes sobre la aureola que bordea el ano de Ivonne, ésta en la profundidad de su sueño probablemente estaba soñando haciendo sexo porque Gus quien estaba aprovechando el reposo del guerrero sintió pequeños movimientos de izquierda a derecha en la cadera de Ivonne, esto como es apenas natural activó la tranca de Gus que aún se encontraba dentro de la vagina provocando que ella entreabriera sus ojos y gozosa dijo: "pensé que era un sueño pero cuando sentí que tu verga se extendía en la profundidad de mi vagina, me desperté y que felicidad me dio cuando vi que todo era real".

Gus a su vez estaba gozando también los movimientos oscilatorios de su compañera de alcoba y cama; luego le preguntó ¿te gustaría satisfacer tu apetito sexual en otras posiciones? Ella le dijo que sí, porque solo conocía dos la de estar abajo y estar arriba.

Bien, ahora siéntate sobre mis muslos sin sacarte el pene doblando tus rodillas extendiendo tus piernas hacia adelante. Ivonne así lo hizo.

Déjame abrazarte por la cintura para atraerte más a mi cuerpo y quedar como si fuéramos una sola persona, logrado el objetivo Gus empezó a moverse lentamente en círculo y con sus manos apretaba las nalgas fuertes y protuberantes de Ivonne; a ella le agradaba estas caricias que la emocionaba y a su vez él le hablaba al oído sobre lo hermoso de hacer sexo con una mujer como ella.

¿Te fijaste cómo hice los movimientos circulares? Si, respondió ella jadeante y emocionada.

Ahora quiero que tú lo hagas, solicitó él con voz firme esperando la reacción de Ivonne.

Está bien, respondió ella con entusiasmo ¿empiezo ya? En pocos segundos, Gus se dijo a si mismo que alumna estupenda tenía en sus brazos pués, todo lo estaba haciendo como él quería.

¿Qué tal lo hago, voy bien? Preguntó Ivonne.

Claro que sí mi amor eres formidable, respondió Gus, soltando ambos una risa contagiosa; poco a poco se fue dando la posición deseada, ella comenzó a moverse lenta al principio para luego tomar velocidad mientras Gus acariciaba los senos chupándolos y mordisqueándolos a los lados y los pezones que los tenía dilatados en ocasiones se los apretaba entre los dedos suavemente. El movimiento oscilatorio y las caricias volvían loca de pasión a Ivonne disfrutando el sexo al máximo. Ivonne, sin poderse contener gritaba, lloraba y gemía dando rienda suelta su pasión erótica, esto era algo nuevo que a su edad -35 años- nunca había experimentado con hombre alguno; sus orgasmos eran sucesivos, venían en cadena ya que su pasión estaba en plenitud que nada le impedía gozarlo y disfrutarlo hasta que entre sollozos le dijo a Gus:"apaga este volcán interno que está chorreando lava ardiente". Gus conocedor del significado de esta frase, se concentró apasionadamente y con toda clase de caricias incluyendo ligeros golpes con el dedo índice sobre el ano de Ivonne, quien extasiada abría y cerraba sus ojos concentrada en el acto más sublime que un hombre y una mujer pueden disfrutar.

Una vez más, Ivonne quedaba rendida en los brazos de su amante de ocasión con sollozos que no podía detener por el disfrute erótico; luego empezó a besar el rostro de Gus, los labios e introdujo su lengua en la boca que él recibió con agrado chupándola con emoción. El dedo índice de Gus seguía acariciando el ano de Ivonne, quien se encontraba fuertemente abrazada a él con el culo levantado para que Gus le siguiera acariciando la aureola anal; esto permitió a Gus preguntarle directamente ¿te gustaría hacer el sexo anal? Ella por segundos quedó pensativa, luego le respondió que si le gustaría pero la única vez que lo hizo con su difunto esposo en el pasado sufrió mucho cuando la penetró y no lo volvieron a intentar más. Con un suspiro hondo, Gus le dijo que con él sería diferente porque tanto el ano como la vagina necesitan ser acariciados para lograr una penetración placentera ¿lo intentamos? Inquirió Gus, ahora si no quieres- prosiguiendo su retórica- no te voy a obligar a ello, respeto tu decisión y todo será como lo deseas. Ivonne, atenta a sus palabras y pensativa recordó las palabras de su amiga Nuris; le contestó que sí, lo intentaremos pero si me causa molestia, por favor no insistas.

Bien querida, empecemos por asearnos porque esto es primordial para los dos; se levantaron y juntos abrazados por la cintura entraron al baño lujoso del cuarto de Nuris. Me lavaré la verga con agua y jabón y después te lavo el ano y sus alrededores de igual manera, le dijo él.

No, contestó ella. Déjame lavarte tu verga y luego tú me lavas el ano ¿no te parece que así es mejor?

Muy bien, acepto tu oferta mi querida Ivonne le respondió Gus. En minutos terminaron de asearse tal como acordaron, ambos agarrados de las manos regresaron a la cama y sobre esta empezaron las caricias que los dos ansiaban para calentar sus cuerpos; Gus le sugirió a Ivonne colocarse encima de él para que le chupara la verga y él a su vez le besaría sus nalgas y el ano para despertarle el deseo. Ella gustosa le chupaba y con su lengua lamía la verga para enderezarla y ponerla erecta, mientras que él le pasaba la lengua sobre el pequeño círculo rosáceo e introduciéndole la punta de su lengua con sumo placer acompañado con movimientos rápidos y circulares.

Ivonne nunca se hubiera imaginado que las caricias sobre el ano, le causaran el placer que estaba sintiendo en esos momentos; después de disfrutar las caricias Gus le manifestó que ya estaba preparada para la penetración por el ano. El acomodó el cuerpo de ella, de manera que la penetración fuera suave y sin obstáculos; para ello le solicitó a ella que con sus manos apartara los glúteos para dejar libre el agujero para seguir acariciándolo con su lengua. Simultáneamente, sacó de su maletín un frasco pequeño con gotero lleno de aceite que introdujo y descargó lentamente en el interior del recto, luego él se posicionó de tal manera que su tranca estuviera a nivel del ano. Con movimientos de arriba y hacia abajo de su verga, luego lo hizo en forma circular para buscar el momento de penetrar el glande con delicadeza para que el esfínter cediera ante la ligera presión que le haría. Cuando Gus le hacía todas estas caricias en su trasero, él le hablaba resaltando la belleza de su trasero y lo que ambos iban a disfrutar cuando la tuviera dentro, minutos después derramó un poco más de aceite sobre la cabeza de su verga que empezó a introducir lenta y suavemente en el agujero como el que entra a una fiesta sin ser invitado. Poco después, Gus sintió que el esfínter estaba cediendo ante su empuje lento y suave que le permitió decirle a Ivonne: "querida ya entró la cabeza". Te pregunto ¿te sientes bien? Ella le dijo que si, no siento ninguna molestia le completó.

Perfecto amor, ahora quiero que digas ¡oh! como de sorpresa y alargado para meterte toda la extensión de mi verga, le insinuó Gus.

Ivonne complaciente, así lo hizo. Sintió que su ano se ampliaba más de lo normal cuando realizó lo que él le sugirió, poco a poco fue sintiendo la penetración de la tranca de su amado sin dolor alguno.

En la medida que Gus estaba penetrándola le preguntaba a Ivonne: ¿si sientes algún dolor o molestia me avisas? Ivonne asintió con un movimiento de cabeza, diciéndole además: si amor ya la estoy sintiendo, no te preocupes estoy relajada, bien lubricada por ti y sin miedo; es más ya la quiero tener toda dentro. Ante esta respuesta, los dos se rieron en complicidad por esta confesión íntima.

Los segundos y minutos pasaban sin detenerse, de igual manera Gus lo estaba haciendo con su rabo dentro del agujero trasero de la mujer hermosa que estaba entre sus brazos, con los cuales, los dedos de la mano derecha tocaban los labios y clítoris y con la mano izquierda le acariciaba los senos preciosos.

Ella ansiosa escuchó a Gus decirle: "mi amor ya está totalmente introducida en tu ano, nos quedaremos quietos unos minutos mientras tu agujero anal acepta de conformidad mi verga".

Ella se quedó pensativa analizando el cuidado, la ternura y la destreza de Gus para hacerla suya por detrás en la cama. Ahora entendía a los homosexuales, el amor y la pasión que ellos sienten por su pareja si los tratan en esta forma y más aún cuando se está en la posición que ella tenía en ese momento atravesada por un dardo largo y grueso en la profundidad de su recto. Al mismo tiempo, su hombre la estaba masturbando con los dedos sus genitales; al clítoris lo pellizcaba suavemente haciéndole ligeros movimientos que la estaban estremeciendo de pasión por delante y detrás impulsándola a moverse al compás de los movimientos lentos de Gus. Pasados unos minutos de iniciado el contacto anal, Ivonne gozosa de placer aceleraba cada vez más sus movimientos eróticos porque sentía un placer inmenso al final del recto donde el glande de Gus rozaba algo en su interior que le producía un efecto tan agradable en su vagina que deseaba tener otra verga dentro de ella. Como si él hubiera adivinado su pensamiento, le pidió que recostara su espalda sobre su estómago susurrándole al oído: "te tengo una sorpresa, hice una réplica de mi verga en plástico de buena calidad que te voy a meter por la vagina para que puedas disfrutar la fantasía del mejor sexo que hayas tenido en tu vida"

¡Oh qué bueno! Lo estaba deseando, contestó ella.

Los dedos de Gus le abrieron los labios genitales dejando al descubierto el agujero bien lubricado de Ivonne, lentamente se lo fue metiendo produciéndole la sensación que deseaba desde el momento que él le metió la tranca en su totalidad haciéndola gemir de pasión desconocida para ella hasta este momento; era como si dos hombres la estuvieran poseyendo al mismo tiempo.

¡Dios mío que fantasía estoy viviendo! Mascullaba Ivonne entre dientes sorprendida del efecto que Gus le estaba dando por ambos lados. Mientras Ivonne estaba satisfaciendo sus deseos sexuales, Gus movió su cuerpo de tal manera que parte del pecho de ella quedó cerca de su rostro; le tomó el brazo derecho que colocó encima de su hombro acercando su boca al seno erguido y precioso de Ivonne chupándolo diestramente con ligeros mordiscos alrededor del pezón, esta caricia la volvía loca de placer pidiéndole en ocasiones que se lo mordiera más fuerte, pedido que Gus sabía hacer sin hacerle daño; por largo tiempo disfrutaron esta posición a la que Ivonne mentalmente agradecía al universo por haber conocido a un hombre como Gus que hizo despertar en ella todas las fantasías sexuales hasta el punto que se sentía no solo tener dos hombres sino tres por el efecto que le producía las caricias en su pecho.

Con incontables orgasmos, Ivonne se sintió desfallecer en los brazos de Gus, quien en ese momento le daba una descarga de semen que llegó a lo más profundo de su recto. Satisfechos de la faena realizada, los dos se entregaron al descanso natural después de una jornada intensa de sexo; ninguno de los dos se percató del tiempo empleado pero, sus cuerpos pedían reposo; sin embargo, Ivonne le solicitó a Gus que le dejara la verga flácida en su ano en posición fetal y abrazada sobre su pecho, él asintió hasta quedar ambos profundamente dormidos.

A la mañana siguiente, Gus escuchó el trinar de los pájaros procedente del exterior de la casa de Nurys que lo obligó abrir sus ojos; miró alrededor para luego posar su mirada en Ivonne que aún permanecía dormida, se incorporó lentamente sacando su miembro del agujero anal de ella. Sigilosamente se dirigió al baño para asear su cara, boca y genitales; luego agarró una hoja de papel donde escribió:

"Querida estoy en el gimnasio que se encuentra en el sótano, te quiero" Gus.

Cuando Ivonne abrió sus hermosos ojos azules giraron alrededor de la alcoba, su cuerpo hermoso y descansado giró a su derecha sin ver a su amado Gus; levantó su cuerpo para sentarse en la cama y vio la nota que la hizo sonreír, se encaminó hacia el baño para asearse todos sus agujeros. Frente al espejo arregló su hermosa cabellera rubia, se acarició suavemente sus senos observando pequeñas marcas de dientes y chupones sobre el lado externo de ellos sin marca alguna en el centro de su pecho, hecho que agradeció mentalmente a Gus teniendo presente que toda su ropa tiene en su parte superior escote diseñado en forma de V profunda que muestra gran parte de sus glándulas mamarias que enloquecen a hombres y la envidia de sus congéneres. Al finalizar el aseo, estaba indecisa de bajar desnuda o en ropa deportiva al encuentro de él en el gimnasio, finalmente optó por bajar sin ropas. Cuando llegó al sótano vio a Gus de frente a ella extendido sobre el mueble donde levantaba unas pesas; tenía puesto un cinturón ancho y un suspensorio por toda prenda de vestir. Por varios segundos se le quedó mirando, luego con sigilo como gata golosa al acecho se acercó a él; este había colocado la barra de las pesas en el soporte de descanso, se quitó los guantes agarrándola por una mano atrayéndola hacia él, luego le preguntó: ¿Cómo amaneciste cariño? Bien amor y muy contenta de tenerte a mi lado, contestó ella; soñé toda la noche contigo tal vez porque me dormí con tu verga dentro de mi ano y eso me hizo tener fantasías en mi subconsciente que me desperté con mi vagina mojada de tantos orgasmos en sueños, terminó diciéndole a Gus con una risa coqueta y sensual. Luego Gus la agarró por la cintura, acercó sus labios y ella gustosa como si lo estuviera esperando entregó los suyos, fue un beso profundo y lleno de pasión que ninguno de los dos quería separar su boca.

El aprovechó el momento para acariciar su piel en el trasero, apretando sus nalgas e introduciendo sus dedos desde arriba hacia debajo de la raja que divide el culo precioso de Ivonne; luego fue bajando hasta alcanzar su vulva para acariciar sus labios vaginales y clítoris. Ella a su vez, estaba acariciando con su mano izquierda el pene de Gus cubierto con el suspensorio, ella sin pérdida de tiempo se lo fue bajando lentamente para que él terminara de sacarlo. Separados sus labios, Gus se acostó boca arriba sobre el mueble de hacer ejercicios y colocó a Ivonne en posición del popular 69 para mutuamente acariciar sus genitales, por largo tiempo duraron en esta posición; él disfrutando los labios vaginales, clítoris y el líquido cristalino producto de los orgasmos de Ivonne quien gozaba a plenitud chupando, mordiendo suavemente y lamiendo la tranca de Gus, a la espera en cualquier momento de recibir la erupción de semen que pronto llegaría hasta succionarle la última gota para luego lamerla con suavidad camino al descanso. Cuando esto sucedió, los dos se relajaron después del estallido pasional dejando sus bocas en el lugar de los hechos para continuar saboreando el efecto del placer erotico. Pasados varios minutos, Gus pidió a Ivonne que se levantara para dirigirse a la cocina donde había dejado preparado café antes de bajar al gimnasio. Ella seguía con la verga flácida de su hombre en la boca aceptando su requerimiento, juntos y abrazados por la cintura dejaron atrás el sótano con el gimnasio testigos mudos de una mañana lujuriosa.

Cuando llegaron a la cocina un olor agradable a café invadía el ambiente, él agarró dos vasos donde vació el líquido negro con dos terrones de azúcar que se disolvieron al instante; brindaron por el sexo y el efecto de este entre los humanos. Una que vaciaron los vasos, Ivonne pronunció la frase siguiente: "Ahora si tengo la combinación perfecta en mi estómago, leche de tu verga más café solo me falta la tostada y huevos revueltos para completar el desayuno". Los dos se rieron a carcajadas del buen humor de Ivonne, dato que obligaba a Gus de preparar el desayuno para ambos. En pocos minutos lo hizo, lo consumieron a satisfacción para luego sentarse en el amplio sofá que tantos secretos guardaba para ambos; ella a pedido de Gus se sentó en sus muslos desnudos, le agarró las manos y le preguntó ¿te gusta tragar y saborear mi esperma, por qué? Ella se lo que mirando a los ojos verdes de él diciéndole: Estuve casada por más de 15 años, a mi difunto esposo que fue el primer hombre en mi vida, me enseñó que se la chupara todos los días por la mañana, claro que antes se la aseaba, para que yo no perdiera mi belleza porque el esperma para las mujeres era como la fuente de la juventud y esto lo empecé hacer cuando tenía 17 años que fue cuando empezamos el noviazgo que duró unos 6 meses para luego casarnos y esta práctica sexual se me convirtió en una obsesión, argumentó Ivonne para darle respuesta a la pregunta de Gus.

Agradezco tu sinceridad, eso es cierto, tu difunto esposo no te mintió porque hace algún tiempo leí un libro que se refería al elíxir de la juventud que este se encontraba en el interior de nuestro cuerpo y es exactamente como lo dijiste, nosotros lo poseemos para las mujeres y ustedes lo proporcionan para el hombre. Así de esta manera, estuvieron conversando Gus e Ivonne sobre temas sexuales y la relevancia que tiene entre las parejas. Ella muy coqueta se levantó, agarró a Gus por la mano para que la acompañará a la piscina diciéndole: siempre he soñado hacer el amor en la piscina ¿me acompañas? Por supuesto querida, sus sueños y deseos son órdenes para mí. Tomaron el camino hacia la piscina, ella se adelantó un poco para ducharse antes de entrar a la piscina; momento que Gus pudo apreciar una vez más para verla de pies a cabeza y admirar la belleza de su cuerpo, trasero, muslos y piernas tan bellos y anatómicamente bien distribuidos. Los hoyuelos a cada lado de su cadera, mostraban un cuadro bien dibujado y exquisito al momento de caminar no apto para cardíacos.

Cuando llegaron al borde de la piscina, ella cogió una estera y la tendió sobre el lugar. Ivonne lo invitó a tenderse boca arriba para colocarse encima de él en posición del 69 y le dijo: "Te quiero chupar el pene y cuando esté erecto me lo introduces en la vagina, luego sin separarnos nos volteamos para entrar a la piscina y llegar hasta el fondo para permanecer juntos cuando subamos a la superficie; luego nos colocamos sobre la pared para movernos eróticamente y disfrutar el sexo". Así lo hicieron como ella lo planeó en su mente disfrutándolo ambos por un largo período hasta que Ivonne le pidió que apagara el fuego incandescente en sus entrañas que la estaba consumiendo reflejándolo con suspiros, gemidos y llanto entrecortado; este que la estaba disfrutando a plenitud, le apretaba las nalgas e introducía su dedo anular en el ano girándolo con suavidad que la volvía loca de placer. Gus se concentró todo cuanto pudo, descargándole varias ráfagas de esperma para sofocar el calor erótico que la quemaba en lo más profundo de su vagina. Se quedaron quietos por un momento, mientras el agua de la piscina agitada por la brisa exterior que complaciente bañaba sus cuerpos para refrescarlos después del intenso placer que sacudió sus genitales.

Ivonne acurrucada en los brazos de Gus, pensativa retrocedió la película mentalmente de minutos atrás aunque cansada pero satisfecha en todo su ser, sentía que iba a necesitar este hombre más seguido porque algo le decía que ningún otro hombre lograría darle a ella lo que este le proporcionaba; sintió la necesidad de preguntarle ¿Gus, te gustaría vivir conmigo como pareja?

A él, esta pregunta lo tomó por sorpresa ya que nunca imaginó escuchar de ella esta propuesta; sin embargo, cuando se recuperó le dijo: Me parece que estás adelantando los acontecimientos, sé que esto es producto de todo lo que he logrado descubrir de tu sexualidad.

En parte es cierto, asintió ella y prosiguiendo afirmó: Estoy segura de no equivocarme contigo, es más, aunque no me lo hayas preguntado, tengo un edificio de 6 pisos donde tengo mi oficina y el resto lo tengo rentado; además poseo 2 casas en la playa que las mantengo alquilada a turistas todo el año y otra casa preciosa en la ciudad donde vivo con mi hija, con esto te quiero decir que no seré una carga para ti porque tengo un presente y un futuro asegurado concluyendo su intervención.

Todo lo que me has dicho suena muy bien y te felicito por tus logros materiales, pero ¿acaso me estás comprando? Inquirió Gus.

No, no mal interpretes mis palabras querido, no quise decir eso, afirmó Ivonne. Te dije todo esto para que sepas que tengo especial interés en ti como pareja, por tu calidad y sensibilidad humana que son factores que me han conquistado de ti y esto es lo que perdura en la mente porque lo físico se extingue poco a poco hasta deteriorarse totalmente, concluyendo su participación en el dialogo.

Ante las palabras de Ivonne, él en tono conciliador le dijo: Aclarado el malentendido te confieso que eres egoísta con tu género al desearme estar a tu lado únicamente y prosiguió: Tienes idea del número de mujeres que existen a tu alrededor para no ir tan lejos, que como tú, Nuris y otras más desconocían el verdadero sentido de la pasión erótica porque sus parejas no supieron hallar ese código misterioso y tangible a la vez para abrir la puerta de la pasión y el placer humano. Es más, cuando tenía 13 años tuve mi primera experiencia sexual con una mujer de unos 25 años y ella después de tener varios encuentros sexuales conmigo, me vaticinó lo siguiente: "Muchacho, con esa tranca que tienes, fortaleza y esas manos como pulpo agarrando por todos lados, podrás hacer gozar a miles de mujeres en este mundo" finalizando su retórica.

Ivonne se lo quedó mirando de frente por varios segundos, después se apartó de él suavemente deslizando sus brazos y piernas entrelazadas sobre el cuello y muslos de él. Mientras acomodaba su cuerpo para pisar el fondo de la piscina, su cerebro trabajaba a la velocidad de la luz para buscar una solución a la situación creada por ella y para ello le dijo: Vamos a tomar una ducha en la regadera para quitarnos los químicos sobre la piel pero antes te quiero preguntar algo ¿estás enojado conmigo por lo que te dije antes? No cariño, por supuesto que no; por el contrario estoy halagado por tu preferencia hacia mí, que una mujer tan hermosa como tú me haya hecho semejante proposición, afirmó Gus.

Esa es la respuesta que cualquier mujer que se estime y enamorada espera de su amado, agradezco tu comprensión y vamos a lo que venimos le sugirió Ivonne tomándolo por la mano.

Ambos subieron las escaleras rumbo al baño principal, ya dentro del mismo Gus le preguntó ¿quieres bañarte en la bañadera o en la regadera? Prefiero en la regadera para que tú me bañes y luego yo bañarte a ti, le respondió Ivonne. Muy bien cariño, haremos lo que me pides contestó Gus.

Sus cuerpos desnudos entraron a la regadera recibiendo el agua tibia en sus cabezas y luego en el resto de su anatomía, Gus agarró el frasco de jabón líquido vaciando un poco sobre una esponja para untarlo sobre el cuerpo hermoso de Ivonne mientras ella se aplicaba champú en su abundante rubia y preciosa cabellera. Cuando Gus aplicó jabón sobre los senos de ella observó varias marcas de dientes y varios colores como el arco iris sobre el lado exterior de sus senos grandes y voluptuosos; los tocó hundiendo sus dedos sobre ellos, preguntándole por curiosidad ¿te duelen o sientes dolor cuando te hundo mis dedos sobre esta área marcada? Ella concentrada en el masaje que estaba dando a su pelo, le contestó que no le dolía; a su vez ella le preguntó ¿por qué cariño? Él le mostró lo que estaba viendo y tocando, a lo que Ivonne dirigió la mirada a sus senos observando lo que su hombre le señalaba a los lados de los mismos; ella con una sonrisa cautivadora le dijo: "esto es el precio que pago por los chupones, caricias y mordiscos que te pido me hagas cuando estoy muy excitada y loca de pasión lujuriosa".

Gus se la quedó mirando a sus ojos azules que brillaron más de lo normal cuando ella le confesó la causa de los moretones en su pecho, sus labios gruesos y hermosos humedecidos por el paso constante de su lengua invitaban a ser saboreados como un manjar exótico, Gus acercó sus labios sobre los de ella que estaban ansiosos de entregarse en un largo y apasionado beso bajo el agua pulverizada de la regadera.

Después del beso él terminó de bañar todo el cuerpo de ella, quien con esponja en mano ya la estaba pasando por la espalda de Gus y cuando este giró al frente para ella continuar con la aplicación del jabón miró que el pene ya se le estaba levantando lentamente y rápidamente se lo aseo con sus manos.

Gus le pidió hacer el sexo anal y para ello agarró las toallas antibacterianas para limpiar el área y agujero para besarlo y chupárselo como la noche anterior. Ivonne sedienta de esta práctica sexual estaba chupando inclinada la verga de Gus mientras este aseaba su ano y alrededores. Minutos después la llevó hasta el tocador hecho en mármol pidiéndole que levantara su pierna derecha sobre el mismo para dejar al descubierto el agujero anal para acariciarlo como ella deseaba. Realizada esta labor sexual, Ivonne poseída de placer y deseo sexual abrió aún más sus piernas para entregarse plenamente a su amado Gus, quien inició el proceso lubricándole primero el ano por dentro y por fuera penetrándole la cabeza de la tranca inicialmente con suavidad y luego el resto sin dificultad mediante la colaboración de ella exclamando! ¡Oh! de sorpresa para dilatarle el recto. Simultáneamente, Gus le masturbaba aprovechando los movimientos que le producía un calor soportable que la hacía jadear y decir ah, ah, ah que rico papito, dame más así, así, así, así que hermoso, Dios mío, que delicia, ah, ah, ah, ah expresiones acompañadas con ligeros sollozos de felicidad erótica. Luego Gus le susurró al oído: vamos para la cama sin separarnos, colocaré tu cuerpo de perfil para chuparte los senos. Si mi amor como tú quieras y mi cuerpo lo desea también, le respondió Ivonne.

Con un poco de dificultad lograron llegar a la cama sin separar sus cuerpos unidos por la tranca de Gus, él logró su objetivo colocándola en posición de lado y como un león hambriento abalanzó su boca al seno izquierdo de ella con el pezón ya dilatado a causa de la excitación previa. Los besos, chupones y suaves mordiscos sobre el seno la transportaban a un estado emocional de locura que le pedía hacerlo más fuerte para obtener orgasmos sucesivos; luego le dijo que le introdujera la réplica del pene en su vagina, petición que Gus aprobó inmediatamente.

Alcanzó su inseparable maletín, tomó y lubricó la copia de su verga e instaló en el agujero completamente lubricado; con destreza y precaución se la fue metiendo hasta desaparecerla en la caverna oscura, un suspiro de felicidad brotó de boca de Ivonne al sentir por ambos lados la impresión de estar atravesada por un grueso y gigantesco dardo. Lo que ella sentía era inimaginable, nunca había sido poseída en esta forma y mucho menos el placer erótico que estaba disfrutando con este hombre que, aunque no haya aceptado su propuesta sería el único hasta que la sexualidad de su cuerpo lo permitiera.

Luego cambiaron de posición girando Ivonne su cuerpo ardiente y apasionado sobre el eje carnoso y venoso de Gus para disfrutar las caricias en el seno derecho para alcanzar el clímax.

Finalmente, como es apenas natural, los cuerpos de los amantes se encontraban en un estado lleno de lujuria y frenesí que surgió lo inevitable, Gus sin poder contenerse eyaculó en lo más profundo del recto de Ivonne. Al igual que la noche anterior, ella solicitó a Gus permanecer en esta posición para seguir en sueño el disfrute del sexo; él complaciente asintió abrazándola fuertemente a su cuerpo hasta esperar que el sueño la venciera y descansar también como premio justo a su condición de mensajero del placer.

El tiempo siguió su curso, Gus sin saber cuánto tiempo había dormido abrió sus ojos mirando a todos lados;

observó un reloj de pared que marcaba las 4:30 am y junto a él yacía el cuerpo bello y desnudo de Ivonne en posición fetal unido aún con su flácida verga al ano de ella, sacó el miembro con cuidado para no despertarla y vio que la réplica de su verga permanecía dentro de la vagina agarrada por el final con sus delicadas manos. Sintió un hambre intensa, bajó de la cama rumbo al baño donde orinó, aseo sus genitales y cepilló sus dientes para dirigirse a la cocina donde encontró alimentos para preparar en el refrigerador; hizo varios bocadillos que son su especialidad para él y para ella cuando despertara, los colocó en una bandeja subiendo hacia el cuarto pero al entrar no la vio sobre la cama, sus ojos miraron hacia el baño de donde salía el sonido de agua llenando el tanque del inodoro. Pasados unos minutos, la belleza deslumbrante de Ivonne irradiaba luz al entorno que estaba medio oscuro de la alcoba, él la miró con ojos de provocación lujuriosa señalándole los alimentos, ella con sonrisa cautivadora los observó pero se acercó primero a él, lo abrazó entregándole sus labios gruesos y hermosos en un beso profundo y alargado que ninguno de los dos quería terminar, pasados varios minutos y jadeantes por falta de aire separaron sus labios pero siguieron abrazados, momento que Gus aprovecho para apretar y hundir sus dedos en la piel blanca y tersa del trasero musculoso de Ivonne, quien aceptaba con placer todo lo que él le hacía; su mirada se posó sobre el reloj preguntándole ¿esa es la hora querido? No lo puedo creer, las horas van de prisa y nosotros despiertos para comer bocadillos cuando deberíamos estar durmiendo o por lo menos haciendo sexo, finalizando su intervención.

Gus sonriente le contestó: esa es la hora querida, de mi parte por la hora me gustaría estar haciendo sexo y comiendo ya que no cenamos y el hambre me despertó justificando el hecho.

Por su parte, Ivonne agarró un bocadillo poniéndolo sobre su lengua, se lo ofreció a Gus quien con agrado recibió el obsequio y este hizo lo mismo para compartir el juego que ella inició durante gran parte de la madrugada hasta agotar la porción de alimento preparada por Gus. Cuando terminaron de comer, Ivonne le dijo a Gus que quería tomar líquido natural. Él le preguntó ¿quieres tomar jugo, leche o café? Ella le contestó con una sonrisa pícara en sus labios, si querido quiero leche pero espesa, cristalina y abundante procedente de tus testículos; de inmediato se abalanzó sobre los genitales de Gus tomando entre sus manos el miembro varonil para lamerlo y chuparlo como a él le gusta, pensó ella.

Ivonne trataba de introducirse toda la tranca de Gus en su boca hasta la garganta pero, por más que lo intentaba no lograba su objetivo por lo que optó por chuparla exteriormente y tragarla hasta donde le llegaba su capacidad en la garganta; de todas maneras Gus lo disfrutaba cada vez que su miembro sentía el roce de la campanita. Gus por su parte, jaló suavemente el cuerpo de Ivonne hasta ubicarlo frente a su cara para luego buscar su vagina para besar y chupar sus labios vaginales y clítoris con pasión como ella lo hacía sobre su pene para realizar un sexo oral compartido sin egoísmo. Ella tiene algo especial en su ser —pensó Gus- que la hace diferente de otras, será por su sensualidad diferente y transparente; reflejo autentico del deseo e íntima pasión para disfrutar el sexo a plenitud con su pareja, sin lugar a dudas, estas cualidades la califican como un estupendo ejemplo del sexo femenino.

Por un periodo largo, los amantes disfrutaron esta práctica oral y sensual al extremo que Gus decidió derramar el semen para satisfacerla en su deseo de beberlo, saborearlo y permitir que ella descansara sus músculos bucales lo mismo que él, quien saboreó con mucho agrado sus continuados orgasmos.

Pasaron unos segundos más del finalizado erotismo oral de Gus e Ivonne, ambos se quedaron en la misma posición olisqueando y succionando residuos del efecto pasional que decidieron quedarse así hasta despertar si el cansancio o el sueño los vencía. Sin mediar el tiempo, los dos siguieron acariciando sus genitales hasta que, sin pensarlo quedaron dormidos uno encima del otro; ella arriba de él como se acomodaron desde un comienzo, por supuesto.

Pasaron varias horas después del idílico sexo oral entre Gus e Ivonne que, este abrió los ojos viendo frente a ellos una tenue luz que pasaba a través de las piernas esbeltas y muy abiertas de ella durante todo el tiempo que él la poseyó oralmente. Un deseo fuerte de orinar fue la causa que lo despertó, con lentitud y sin hacer ruido la apartó suavemente pero, al momento de incorporarse ella entreabrió sus hermosos ojos azules e intrigada le preguntó ¿para dónde vas amor? Voy al baño a orinar le contestó él. Te acompaño, le sugirió Ivonne. ¿A ti también te dieron ganas de orinar? le preguntó. No querido, pero quiero hacer algo que se me ocurrió de fantasía mientras orinas, contestó ella acompañada de un guiño del ojo y una sonrisa radiante. Bueno, vamos al baño para hacer realidad tu fantasía, le manifestó Gus mientras la abrazaba por la cintura tomando rumbo al lugar elegido.

Ivonne se adelantó unos pasos colocándose con los pies sobre el inodoro, dejando visible su pelvis desnuda y afeitada arqueando su espalda hacia atrás; ahora deseo que tu orín caiga sobre mi vagina, le musitó con voz sensual.

Gus sonriente, agarró su verga y la levantó lo necesario para que el chorro de orín cayera en el lugar escogido por ella para iniciar el ritual que, al primer contacto sobre sus labios vaginales ella exclamó: ¡huy que caliente lo tienes! El a su vez le contestó: claro que si querida, varias veces mi verga ha tenido que apagar tu fuego interno en tu vagina y tu culo por eso brota caliente. Ella no pudo aguantar la risa contagiosa que le produjo esta respuesta cómica de su hombre, cuando terminó de reír le pidió que parara el chorro de orín porque lo quería sentir en su culo también; cambió de posición, abrazada al tanque del inodoro dejó libre su precioso trasero, luego Gus con sus manos apartó las nalgas para que el orín cayera en el orificio del ano hasta vaciar su vejiga.

Gus satisfecho de hacer su necesidad fisiológica, le comentó a Ivonne: Estas son las ideas que agradan a un hombre cuando surgen por iniciativa de la mujer y por eso te felicito, porque esto es saber variar el placer en toda su dimensión. Ella lo miró extasiada y con movimientos voluptuosos de su cadera lo invitó a tomar una ducha para asearse e iniciar una nueva sesión de sexo erótico en todo su esplendor.

Terminado el aseo se fueron caminando hasta la cama, con besos lujuriosos y caricias por todas partes del cuerpo de Ivonne quien gozaba de todo lo que él hacía con sus manos y boca en su humanidad, se entregó nuevamente al fascinante sexo oral, cuando el calor de sus partes genitales se encontraban en el punto máximo del placer ella se colocó encima de él agarrando el pene para metérselo ella misma, al sentir la tranca en lo más hondo de su vagina empezó a moverse lentamente pero en la medida que Gus le acariciaba sus nalgas y daba pequeños golpes al hoyo del ano se tornaron rápidos y jadeantes que la ayudaba a tener muchos orgasmos consecutivos acompañados de palabras incoherentes, gemidos y la inevitable sensación de llorar por el placer adquirido. Posteriormente, tomaron posiciones diferentes sobre la cama, sobre la alfombra del piso en fin, en todos los lugares que ambos veían para hacer sexo allí se acomodaban; por último, Ivonne le imploró hacer el sexo anal porque ya estaba satisfecha por la vagina. Gus agarró el maletín negro para sacar las toallas anti-bacterianas, el lubricante y la réplica de su tranca por si acaso, ya que ella supuestamente sentía su cuerpo a plenitud pero, cuando le acariciaba el ano y la lubricaba para meterle el miembro, ella sentía deseos en la vagina que él le aplacaba con los dedos y luego le introducía la réplica que la hacía perder el horizonte por su entrega erótica para lograr incontenibles orgasmos que le daban el placer que nunca antes había logrado en su cuerpo y mente.

Cuando Gus observó que Ivonne estaba fuera de sí con su miembro en lo más profundo de su ano, la réplica de su verga dentro de la vagina y sus manos acariciando y apretando sus senos, le soltó varias ráfagas de semen que llegarán a sus tripas en el recorrido; agotada y cansada del esfuerzo por cumplir el deseo carnal e intenso, se abandonó acostada bocabajo en la cama mientras Gus, aún encima de ella le hacía pequeños movimientos oscilatorios para descargar cualquier reserva de esperma alojada en su miembro al que ella ya no respondía posiblemente por estar dormida, pensó él.

Gus un tanto cansado y agotado también, bajó de la cama para ir al baño y asearse como era habitual en él después de estos menesteres sexuales. Luego retornó a la cama para acomodarse al lado de este bello ejemplar femenino, mirándola de pies a cabeza sus ojos sin desearlo se iban cerrando lentamente sin poderlos controlar para quedarse dormido plácidamente.

Un movimiento involuntario de Ivonne despertó a Gus, quien sintió un ligero golpe en el pecho a raíz de un cambio de postura en la cama; el brazo derecho de Ivonne descansaba en su tórax, miró el reloj en la pared que estaba marcando las 2:00 pm del día Domingo. Bajó de la cama, caminó hacia el baño para orinar, se aseo y se fue hasta la cocina desnudo como le era habitual desde que comenzó la relación con Ivonne, sacó de la nevera y de la despensa los ingredientes necesarios para hacer unos emparedados y vaciar jugo en un vaso para los dos; en poco tiempo los preparó y subió las escaleras hasta la recamara donde ella aún permanecía dormida. Por unos segundos se la quedó mirando, observando cada línea del cuerpo esbelto y precioso de Ivonne; además recordó las palabras de ella cuando le pidió con ternura tener una relación seria con él, esta declaración lo conmovió pero tomó control de su pensamiento al momento que colocaba los alimentos sobre la mesa adyacente a la cama, se acercó al oído de ella y con voz suave le dijo: "Ivonne despierta mi amor para que comas un emparedado especial que hice para ti".

Ivonne al escuchar su nombre en un susurro agradable a su oído, abrió sus hermosos ojos azules con los cuales miró dulcemente a su compañero de cama y sexo que fue una caricia para él.

Ella se incorporó, se sentó en la cama y observó lo que Gus le estaba ofreciendo para comer pero, antes le dijo: dame un beso mi amor que te quiero saborear antes de comerme este emparedado, él sin pensarlo se acercó a ella, agarró su boca para tomar sus labios que estaban ansiosos de la caricia solicitada y esperada que la sumió en un laberinto de pasión y lujuria en pocos segundos. Luego con suavidad la separó de sus labios, entregándole el alimento. Ella lo recibió e inmediatamente empezó a comerlo para luego decirle: amor que delicioso está como todo lo que tú haces. Gus no pudo disimular el agrado que le producía este tipo de comentario, contestándole con una sonrisa de agradecimiento. Después los dos compartieron el jugo hasta desaparecerlo del vaso, en ese momento ella miró al reloj de pared exclamando: ¡Dios mío! Ya son las 3:00 pm y nuestro contrato termina hoy a las 4 de la tarde y aún estoy desnuda sin bañarme.

Rápidamente entró a la bañadera, abrió las llaves y en la medida que entraba el agua se lavaba el cuerpo y sus extremidades dejando por último la vagina y el ano donde recibió tanto placer erótico que nunca olvidará. Al terminar de bañarse, secó su cuerpo con una toalla que Gus le suministró para ponerse el vestido que trajo para realizar el negocio ya que no trajo maleta de viaje por sugerencia de Nuris.

Mientras te colocas el vestido, le dijo Gus quiero comentarte lo siguiente: Si quieres volver a estar junto a mí sin hacer un contrato, consigue una mujer joven en lo posible y bella como tú que no tenga algún compromiso y por favor no mayor de 40 años para que me la refieras por contrato, si esto se cumple te daré el beneficio de 8 horas después de ejecutado el servicio.

¡Ah! suena bien tu propuesta, que bueno saberlo; según tus palabras, mi amiga Nuris será compensada por haber cumplido mi contrato contigo, subrayó Ivonne.

Correcto querida y esta compensación la doy de Martes a Jueves de la semana siguiente, sentenció Gus.

Está bien mi amor lo intentaré y si no encuentro alguna te volveré a contratar, te lo prometo finalizando Ivonne la charla. En pocos minutos peinó su rubia cabellera, se puso un suave maquillaje en el rostro que resaltaba aún más su belleza natural.

Abrazados por la cintura bajaron las escaleras hasta llegar a la puerta aún cerrada, Ivonne se detuvo y pasó sus brazos alrededor del cuello de Gus entregando sus labios en un beso apasionado y profundo que los dos disfrutaban cada vez que lo hacían, lo curioso del hecho era que ella estaba elegantemente vestida y él continuaba desnudo en el umbral de la puerta. Ivonne le pidió que la acompañara hasta el vehículo aunque él sabía que estaba sin ropas, no rehusó el pedido de ella porque conocía los predios de la casa y juntos se acercaron al carro, Gus agarró la manija de la puerta y como todo un caballero la abrió para que entrara; Ivonne se sentó al volante, miró su reloj y le dijo: mi amor faltan 5 minutos para las 4 de la tarde ¿me concederías el deseo erótico de chuparte la verga en este tiempo y llevar tu semen en mi boca para tomarlo poco a poco durante el recorrido a mi casa?

Gus se la quedó mirando un segundo y sin pensarlo dos veces giró por la parte delantera del vehículo, abrió la puerta sentándose al lado de ella que sin pérdida de tiempo se abalanzó sobre su tranca en un momento que ambos deseaban de despedida. Por varios minutos Ivonne disfrutaba besarle, chuparle y darle pequeños mordiscos al glande y a todo el miembro incluso los testículos como si fuera la última vez en su vida; por fin y gracias a la concentración de Gus este le derramó en la boca gran cantidad de esperma sin perder gota alguna por la succión que le hizo cuando se derramó totalmente.

Ella muda le habló con los ojos agradeciéndole el gesto de complacerla en su deseo, sus manos las puso sobre el rostro de él acariciándolo suavemente; Gus se levantó y le estampó un beso en ambas mejillas en un gesto de despedida, se apeó del carro extendiendo su mano simbolizando la partida que Ivonne una vez que encendió el vehículo arrancó con una mano levantada solidaria con el saludo de su amante por 48 horas.

Cuando el vehículo desapareció a la distancia, Gus escuchó a sus espaldas aplausos que lo sorprendieron giró en su propio eje y frente a él a pocos metros se encontraba Nuris que aún continuaba aplaudiendo. ¿Cuándo llegaste? La interrogó Gus.

Hace unos 10 minutos que llegué y entré por la parte trasera porque vi el carro de Ivonne parqueado frente a la casa y pensé que por aquí sería la despedida y no quería interrumpir el idilio y me alegro de no haberme equivocado, concluyó Nuris con una sonrisa maliciosa y mal intencionada posando sus ojos en la verga destemplada de su amigo y amante también. Vamos hombre, entremos que te puede dar un resfriado con esta brisa húmeda, le sugirió Nuris.

Él sabía que ella tenía razón, por tanto, aceptó la sugerencia entrando a la casa detrás de Nuris quien a medida que avanzaba se iba despojando de sus ropas hasta quedar totalmente desnuda; giró hacia atrás y le manifestó: descansa para que te recuperes mientras me doy una ducha para limpiar mi cuerpo y refrescarlo después del viaje de regreso.

Gus ya recostado sobre el sofá, la miró y observó de arriba-abajo el cuerpo esbelto y bien formado de esta mujer hermosa también, vio la raja rosada que mostraba sus labios vaginales libres de vellos que le daba una apariencia exquisita para chupar y lamer sin descanso.

En consecuencia, conocedor de lo más íntimo de Nuris tenía que aprovechar este momento para dormir un poco porque ella se considera muy especial para mí y lo más seguro sería que ya quería cobrarse las 8 horas de compensación por cumplido el contrato con Ivonne y aprovechar mi estancia en su casa; situación que considero ideal aunque estoy rompiendo mis propias reglas del contrato, así que a dormir un poco para recobrar energías porque me espera otra larga jornada erótica, pensó en su monologo interior.

Por otra parte, mientras Gus descansaba reponiendo fuerzas para enfrentarse a otro encuentro sexual y erótico; Ivonne ajena a este nuevo acontecimiento de su amado hombre, conducía por la amplia vía del estado a la velocidad permitida saboreando con gusto y agrado lo que ella consideraba el "elixir de la juventud".

Con una sonrisa en sus labios y pensando en las horas disfrutadas de sexo extremo con Gus sin perder concentración en la conducción, se sentía feliz consigo misma y libre de fantasmas que la perseguían en momentos que estaba sola; afortunadamente ya había encontrado la solución a su débil carácter para enfrentarse a los problemas sicológicos con nombre propio llamado "Gus". Quien de ahora en adelante sería la medicina que su organismo y mente requería sin receta médica para su cura final.

CAPITULO 3

Antes de llegar a su destino Ivonne detuvo su vehículo en una estación de servicio donde llenó el tanque de gasolina y compró una barra de chocolate y una botella con agua para disimular el olor característico del espermatozoide en su aliento al momento de saludar a su amiga Eva e hija y por supuesto a su hija Astrid de acuerdo a la costumbre familiar y social.

Al llegar frente de la casa de Eva, salió del carro tocó a la puerta con las llaves del vehículo, en pocos segundos esta fue abierta por su amiga Eva quien con los brazos abiertos la recibió en la entrada; después del abrazo de bienvenida se estamparon un beso en la mejilla, detrás estaba su hija Astrid acompañada de Vivian la hija de Eva.

Eva le preguntó si quería comer algo a lo que Ivonne le contestó que no tenía hambre porque había comido antes de salir y en el camino consumió comida rápida, después de los saludos y comentarios protocolarios del viaje Ivonne y Eva agarradas por las manos salieron de la casa y detrás suyo sus hijas se encaminaron hacia el carro de Ivonne, quien le susurró al oído de Eva que mañana iría a su negocio después de poner todos los documentos en orden del negocio realizado en la capital; Eva asintió con un movimiento de cabeza pero, le dijo que la llamara antes para programar lo que tenía que hacer durante el día.

La noche transcurrió con tranquilidad en la pequeña ciudad, el ruido de los buses urbanos, escolares y todo tipo de equipos móviles despertaron a la población sumida en el descanso que minutos después con avidez trataban de hacer las cosas para reiniciar las actividades suspendidas por el período de vacaciones "spring brake" como se conoce en los Estados Unidos.

Ivonne y Eva no estaban ajenas de esto ya que ambas tuvieron que levantarse más temprano y tener todo preparado para llevar a sus hijas a la escuela secundaria. Como siempre ocurre en esta fecha, el tráfico era insoportable en la mañana lo que hacía más demorado llegar al destino elegido, Ivonne por ejemplo, llegó con una hora de retraso a su oficina y Eva un tanto igual a su negocio.

Ivonne con su maletín ejecutivo en mano, entró a la oficina saludando al personal que se encontraba en esos momentos; poco después llamó a su secretaria personal para que le informara de todos los hechos y pormenores del negocio mientras estuvo ausente. Una vez que su secretaria y confidente de nombre Leslie, le diera el más mínimo detalle en forma verbal y escrita; fijó sus hermosos ojos azules sobre los ojos verdes de Leslie yendo directamente al grano: entiendo que quieres saber cómo me fue en mi cita física, espiritual y sexual con la persona que te había comentado antes de viajar ¿no es así?

En primer lugar mi estimada Leslie, fue algo maravilloso y decirte el más mínimo detalle es complicado; sin embargo, te lo voy a contar......... En una hora, Ivonne puso al corriente a Leslie a quien veía abrir y cerrar los ojos emocionada en cada pasaje del acontecimiento erótico vivido por ella en las 48 horas. Por un momento pensó si Leslie podría ser candidata para Gus para recibir el beneficio ofrecido por él por referirla ya que ella tiene atributos físicos, es joven con un cuerpo espectacular como a Gus le gusta, pensó; pero no le hizo comentario sobre el particular.

Minutos después se comunicó con Eva para reunirse con ella en unos 45 minutos. Cuando todo le quedó bajo control, salió con rumbo al negocio Beauty Salon propiedad de Eva para diálogar con ella sobre su experiencia sexual y erótica del fin de semana, porque al igual que a Leslie, se lo había manifestado para obtener su colaboración. Al arribar y entrar a este, fue recibida con un coro de silbidos de admiración por parte del personal masculino que en forma independiente trabaja en el local de su amiga y todos conocidos por ella. Eva al verla entrar con ese porte de reina, inmediatamente la invitó a su pequeño y elegante despacho privado; una vez sentadas y cómodas ingiriendo un jugo previamente preparado por Eva, esta última le hizo la pregunta esperada por Ivonne ¿cómo te fue en la relación íntima con el ser humano desconocido? Porque me imagino que en el negocio te fue muy bien.

Ivonne suspiró hondo y en forma lenta y sutil puso al corriente a su amiga de todo lo que hizo con su amante por 48 horas y el deseo que la impulsó a estar con él por el resto de su vida pero, que él se negó para no comprometerse con una sola mujer.

Eva por su parte, sintió envidia de su amiga en muchos aspectos eróticos que ella nunca tuvo con su ex-esposo ni en sueños hasta el abandono de este por otra mujer; sin embargo, no estaba segura de hacer el sexo anal como Ivonne lo experimentó ya que ella nunca fue educada para esta práctica sexual.

De todas maneras, Ivonne le hizo la recomendación de tener un encuentro con Gus para sacudirse del estrés y el deseo sexual reprimido por varios años; además ella le colaboraría en lo necesario para que esto se hiciera realidad. Con voz calmada y segura de si misma, Eva le contestó que lo pensaría y una vez decidida le comentaría al respecto. Finalmente, se levantaron y abrazaron despidiéndose con un beso en sus mejillas. Cuando Ivonne salió, el personal la saludo de la misma manera como fue recibida con suave y melodioso silbido al paso de esta hermosa mujer.

Pasaron varios días del dialogo entre Ivonne y Eva, hasta que esta última llamó a Ivonne para decirle había estado pensando sobre su recomendación y estaba decidida a concretar una cita con Gus, quería tomar el paso y quería que esto se realizara en su casa, por tanto, necesitaba su colaboración para que su hija Vivian saliera con Astrid y ella por supuesto a algún lugar de recreación y entretenimiento en el fin semana escogido para el encuentro.

Ivonne con genio agradable, la felicitó por su decisión de aceptar la sugerencia que le hizo de la que nunca se arrepentiría. Eva le dio la fecha para que llamara a Gus para saber si era posible en esos días. Inmediatamente Ivonne llamó a Gus para saber si en esa fecha estaría disponible para ir a casa de su recomendada y amiga, segundos después Gus después de ver su agenda le informó que sí estaba libre y disponible; luego le recordó a Ivonne que le enviara los datos personales de su amiga solicitados en la aplicación de su página en el internet para confirmar el encuentro con el placer.

Pasaron los días hasta que llegó la fecha concertada, Ivonne se las ingenió para llevar a las muchachas ese fin de semana a un lugar que ambas querían conocer en la inmensa geografía del estado desde el Viernes por la tarde después de salir de la escuela secundaria. A las 3:35 pm las dos chicas subieron al carro de Ivonne con el equipaje previamente preparado para tal fin, felices las tres mujeres cantaban al compás de la música que la radio del vehículo estaba sonando rumbo al lugar escogido para divertirse.

Mientras tanto, Eva un tanto nerviosa hacía los toques finales en su casa, luego se colocó la ropa que Ivonne le recomendó para la ocasión para recibir al hombre que la haría suspirar y sentir el verdadero sentido de la vida en la intimidad de su hogar. Le dio una última mirada a la sala donde todo parecía estar en el sitio correcto, caminó hasta el equipo de sonido colocando su disco predilecto hasta que el hombre aún desconocido para ella se apareciera en su puerta. Sumida en sus pensamientos, brincó de nervios al escuchar 3 toques seguidos sobre su puerta que era la contraseña elegida por ambos para anunciar la llegada de Gus. Ansiosa y algo turbada abrió la puerta de su casa, en el umbral de la misma vio a un hombre alto, atlético y vestido con bermuda azul, camiseta blanca y zapatos azules deportivos tal como se lo había descrito Ivonne pero, este hombre ella lo conocía porque es su vecino del mismo sector residencial donde vive; sin saber que decir, solo pudo expresar ¡hola! Gustav ¿cómo estás, que necesitas? Este se la quedó mirando de arriba hacia abajo, con una sonrisa natural pensó lo confundida que Eva debía estar con su presencia, entonces le dijo: Nada especial querida Eva, solo tengo que darte la información que el universo se ha conjurado para que tú y yo nos acerquemos más y disfrutar juntos este fin de semana en la intimidad. Al terminar la frase, Eva comprendió que su vecino Gustav y Gus son la misma persona, por su mente nunca pasó esta posibilidad pero, las circunstancias no la engañaban así que pasados unos segundos de asombro y sorpresa reflejada en su cara, lo invitó a pasar. Una vez que Gus entró a la sala, miró alrededor de la estancia, escuchó el sonido agradable de la melodía que venía del equipo de sonido profiriendo estas palabras: "Eva te felicito, tienes un gusto excelente para decorar y ambientar tu casa". Ella aún turbada, le contestó: "Gracias por tus palabras de elogio".

Te equivocas Eva, no es un cumplido ni acto de caballero, es algo real que estoy viendo con mis propios ojos y me agrada, te lo juro; los ojos verdes de Gus penetraron intensamente en las pupilas color café de Eva quien estaba a punto de desfallecer por la emoción en ese momento, luego recobró su postura para señalarle el pequeño y elegante bar empotrado en una esquina del contiguo comedor. Ambos fueron hacia el bar, él tomó la iniciativa diciéndole: Déjame atenderte, sé que estoy en tu casa pero soy ante todo un caballero, agarró la botella de vino tinto, cogió 2 copas vaciando en ellas el vino, entregó una a Eva y la otra en su mano; entrelazando su brazo con el de ella, juntos alzaron sus copas al momento que Gus pronunciaba las palabras siguientes: "Brindo por esta mujer hermosa que tengo frente a mí, que el Dios de todos los universos conjuró para que esta cita se concretara para disfrutar los placeres que la vida nos brinda con amor y pasión sin importar el tiempo ni el espacio de duración". Simultáneamente, tomaron gran parte del vino, mirándose a los ojos terminaron de beber el resto que había en las copas.

Eva mantuvo su brazo unido al de él, se miraron intensamente en silencio para luego dejar las copas sobre el bar; momento que Gus aprovechó para invitarla a bailar, ella accedió gustosa compartir la pieza musical, entonces se vio rodeada por unos brazos fuertes y varoniles alrededor de su cintura a flor de piel; en consecuencia, ella enlazó sus brazos alrededor del cuello de Gus. Juntos empezaron a mover sus cuerpos y piernas al compás de la música, la respiración de ambos se sentía tan cerca del uno al otro en cada movimiento que sería el momento ideal para darle un beso, pensó Gus. Sin embargo, prefirió bailar otra melodía para disfrutar el roce de sus manos con la piel desnuda de Eva que estaba cubierta solo con una blusa corta que tenía un diseño de V profunda al frente de sus senos sin ajustadores y 2 tirantes amarrados a la altura de su cuello sobre la espalda; ella sentía una sensación agradable cuando él ponía sus manos a todo lo largo y ancho de su espalda con suaves movimientos, así de esta manera bailaron varias canciones hasta que Gus le susurró al oído que le gustaba las melodías del cantante que las estaba interpretando; a su vez Eva le contestó que es uno de sus cantantes favoritos. En la medida que bailaban Gus acariciaba la piel de ella en la espalda y cintura para tenerla más apretada a su cuerpo y hablarle al oído con palabras que él sabía por experiencia que le gustaban a todas las mujeres estando a su lado. Con seguridad, Eva es el tipo de mujer que no se deja engañar fácilmente pero, en virtud de la forma en que fue concebido este compromiso, Gus tenía que llevarla a un estado emocional adecuado para que le impactara las caricias desde un comienzo para proseguir con lo demás porque de antemano sabía que ella fue abandonada por su ex marido 3 años atrás. Tenía que ser paciente y muy delicado con ella por sus antecedentes, así que tomó su tiempo con calma, entre copas y copas de vino sentados los dos en el confortable sofá, Gus la atrajo hacia su cuerpo poniendo su boca frente a la de ella, vio como cerraba lentamente sus ojos esperando el beso ansiado; él no se esperó más posando sus labios sobre los de ella quien con ansia reprimida por tantos años se entregó en un beso profundo y apasionado saboreando el placer que produce esta caricia, considerada como la entrada hacia el camino de la intimidad sexual en el cuerpo humano. Con este beso prolongado que duró varios minutos, Gus desanudo los tirantes que sostenían la blusa de Eva, envolviéndola en un mar lleno de pasión cuando sintió que él le acariciaba con las manos sus senos mientras la seguía besando, luego deslizaba su boca y lengua a lo largo del cuello que le erizaba la piel, luego bajó hasta su pecho donde se engolosinó con los firmes y preciosos senos a la vista del hombre más exigente. Eva jadeaba una y otra vez su estado sensual de acuerdo al paso que Gus le imponía en los juegos eróticos, sin poderse contener más, le quitó el diminuto short que cubría en parte sus extremidades inferiores dejando al descubierto la espesa selva de vellos color castaño que ocultaba la hendidura y labios externos de su vagina; con rapidez sus dedos índice y medio apartaron los vellos para acariciar su vagina y clítoris mientras disfrutaba besando y mamando los senos preciosos. En su debido momento, colocó su boca y lengua por supuesto, sobre los labios vaginales y el clítoris que mordisqueaba con suavidad para incrementar el placer que le estaba produciendo orgasmos tan seguidos que la enloquecía pronunciando expresiones como ¡Ay! Que delicia Gus, que rico, es delicioso lo que siento, chúpame más….. así…..así….así, después sollozos por efecto de los orgasmos que bajaban uno tras otro. Gus con su tranca extendida estaba atento al momento propicio para meterla lentamente en el agujero completamente lubricado, en pocos segundos llegó el momento esperado cuando Eva sin poder contener el deseo por más tiempo, le pidió que la penetrara porque quería tener su miembro dentro de su vagina; él sabía qué hacer para que Eva disfrutara el sexo erótico a plenitud, colocó su verga en la vagina subiendo y bajando el glande por varios segundos hasta alcanzar el agujero por donde con precaución y destreza se la fue introduciendo suave y lentamente hasta llegar a fondo. Gus se quedó quieto por algunos segundos para ver la reacción de ella con su tranca dentro, mientras se la iba metiendo él pudo oír sonidos de ¡Oh! ¡Oh! ¡Ay que rico ¡Dios mío! ¡Qué hermoso es todo esto! ¡Qué grande y tan grueso está tu pene! Ante esta evidencia gutural y lasciva, Gus quedó convencido que el gran intruso fue bien recibido en la caverna lubricada y acomodado a su antojo para iniciar el ritmo cadencioso de las caderas acompañados de suspiros, sollozos, gritos e interjecciones que son efectos de la pasión carnal que la pareja estaba gozando y disfrutando sobre el amplio sofá, único testigo mudo de los movimientos oscilatorios y caricias alternas de los amantes.

Eva se afianzó al cuerpo de Gus cruzando sus piernas sobre sus muslos, los brazos alrededor del cuello mientras se besaban y él le hablaba al oído sobre lo hermoso de hacer sexo y entregarse sin inhibiciones a su pareja. Por un largo período permanecieron en esta posición, luego Gus la invitó a ponerse encima de él sin despegarse del rabo que los unía; alcanzada la nueva postura las manos de Gus empezaron a acariciar las nalgas fuertes y firmes de Eva quien subía y bajaba su cuerpo disfrutando al máximo su deseo reprimido por varios años. Las caricias, movimientos oscilatorios y los pequeños golpes con el dedo al ano de Eva, le producía a esta tanta pasión y orgasmos continuos como nunca antes lo había experimentado, esto sin duda, la hacía sentirse tan feliz y liberada de pensamientos negativos que le hacían daño por el abandono del padre de su hija por otra mujer.

Luego Gus con suaves movimientos la montó encima de sus muslos en ángulo de 45 grados, en esta posición Eva se movía intensamente con voluptuosidad en sentido circular, hacía adelante y atrás que la llenaba de mucha pasión y entrega total. Gus inclinó su cuerpo quedando frente el uno del otro acercando sus labios a los sedientos de ella por varios segundos, después le hablaba al oído para decirle lo hermoso que era hacer sexo con ella, estas palabras la emocionaban más entregándose en una pasión desbocada por instinto natural; las palabras y frases de Gus hicieron que Eva se sumiera en un estado ansioso de lujuria, dando rienda suelta a toda su pasión. Ella sin saberlo hasta este momento, se había enamorado de él desde que lo conoció cuando le prestó ayuda para reparar una goma de su auto. Este hecho fue lo que permitió que ella cediera tan pronto a sus caricias, cuando la estremeció tocando su piel mientras bailaban, no tenía otra explicación su proceder en una mujer como ella que se había mantenido alejada de los hombres por varios años. Gus prosiguió con sus caricias en el rostro de Eva, sobre su labio superior por la conexión directa que tiene este con el placer vaginal, más adelante acariciaba el cuello y después los senos y ambos pezones; simultáneamente apretaba el trasero bien formado, sus dedos lubricados con saliva acariciaban y daban suaves golpes al ano de Eva que respondía con dilataciones que permitía la entrada del dedo en su primera falange. Gus cada vez que le hacía esta caricia, ella se sentía desfallecer de un placer desconocido hasta ahora, porque esto se reflejaba en lo más profundo de su sexo al contacto del dedo con su ano que no le hacía daño, por el contrario sentía más placer erótico. De común acuerdo, los dos cedieron a descargar todo el contenido acumulado en sus órganos genitales para aplacar el fuego ardiente; con un grito de felicidad y jadeante Eva colocó su boca sobre la de Gus diciéndole: Te amo Gus, me has hecho sentir la mujer que yo desconocía en la intimidad porque abriste toda mi sensualidad erótica y he sentido el placer al máximo. Cuando Eva terminó la frase, colocó su cabeza sobre el pecho de él abrazándolo con la poca fuerza que le quedaba como agradeciéndole el tiempo concedido para desatar sus deseos carnales. En esta oportunidad, Gus mantuvo por varios minutos esta posición, luego fue colocando el cuerpo de ella encima al de él a lo largo del sofá para que se recuperara del degaste físico mientras le seguía acariciando su trasero precioso y ano para prepararla al sexo anal cuando llegara el momento adecuado. En media hora, Eva abrió sus ojos sintiendo que sus nalgas y ano estaban siendo acariciados sensación que le hizo recordar los momentos previos a tener varios orgasmos sucesivos que la llenaron de felicidad y la llevaron a dormir profundamente. Eva no quiso pronunciar palabra alguna o hacer algún movimiento que la delatara, para seguir gozando de esta caricia en el ano que antes en su mente le parecía que era una práctica sexual sucia y desagradable pero este hombre sabía lo que hacía para provocarle el deseo y la imagen consciente de lo que iba a suceder más adelante. Eva ya estaba segura que estaba enamorada de este hombre y, él seguramente se habría dado cuenta de ello por su entrega total mientras tenían sexo vaginal; también estaba convencida que no se negaría a cualquier travesura erótica que a él se le ocurriera en estos momentos. Este pensamiento la hizo temblar de emoción y sin pérdida de tiempo levantó su cabeza, miró con ternura a Gus y sonriéndole le dijo: No sabes Gus lo mucho que te amo, me has hecho muy feliz y estoy dispuesta a todo lo que tú me pidas.

El también le correspondió con una sonrisa y le dijo: Eres el tipo de mujer que se deja amar y gozar de tus atributos físicos y encanto personal. Eva levantó sus brazos colocándolos sobre el cuello de Gus para apoyarse y subir su cuerpo para colocar su rostro sobre el de él, logrado el objetivo empezó a besarlo en sus labios, le entregó su lengua por largos minutos hasta quedar sin aire por el intercambio de las mismas, estas caricias sumadas a las exteriores que Gus hacía en su trasero la llevaron nuevamente a un torrente de pasión de pedirle que quería chupar su verga y la penetrara nuevamente. Con gusto mi amor, es toda tuya pero antes déjame limpiarla con una toalla antibacteriaL ya que soy amante de la limpieza e higiene de los genitales para evitar cualquier enfermedad. Ella asintió observando la limpieza que le hacía a su tranca aún flácida pero que le parecía grande y muy gorda, nunca había visto nada parecido ya que su ex esposo había sido el único hombre en su vida quien en la mayoría de las veces solo se la tocaba erecta cuando iban hacer el coito por la noche, es decir, nunca se la vio dormida porque cuando se duchaba y salía del baño siempre tenía puesto el calzoncillo. Con Gus había mucha diferencia, porque este cuando la penetró ella se sintió a plenitud en tamaño y grueso que la hizo desbocar de pasión y placer erótico, cosa que nunca había sentido en sus 13 años de casada. Todos estos pensamientos despertaron sus ansias del deseo carnal, cuando Gus terminó de limpiar su tranca se la ofreció a Eva, quien se abalanzó sobre el pene para chuparlo como a un bombón de su agrado, por instantes lo lamía y tragaba en su totalidad pero cuando la erección fue total no lograba introducirla cuan larga era ya que se ahogaba; entonces Gus le indicó que respirando por la nariz y colocándosela sobre su lengua no tendría problema para introducirla hasta donde pudiera. Eva muy dócil siguió al pie de la letra las instrucciones que le fue facilitando hacer con agrado el sexo oral, cuando vio la máxima extensión de la tranca sus ojos se abrieron desmesuradamente porque le era difícil imaginar que tremenda verga había estado dentro de su vagina que gustosamente disfrutó los movimientos de arriba y abajo al igual que los circulares. No podía creer lo que veía pero, ella seguía disfrutando chupándosela y lamiéndola sin lograr meterla totalmente en su boca.

Luego escuchó el susurro de Gus que deseaba besar y chupar sus agujeros inferiores, para ello tenía que asear su vagina y ano a lo que Eva sin despegar su boca del pene movió su cuerpo al lugar indicado por él; hecho esto, él le empezó a besar y chupar la parte media entre el ano y la vagina que le hizo poner los pelos de punta, luego le acariciaba con la lengua el ano que la hizo chillar de emoción, como le encantaba aquello, definitivamente este hombre le ha descubierto tantas áreas erógenas que ya no le importaba lo que él pensara por haberlo contratado para un encuentro sexual, que sin saberlo lo estaba haciendo con el hombre que había soñado de tiempo atrás y estaba resuelta a todo para romper las ligaduras que la mantuvieron atada por muchos años en el seno familiar y luego en el papel de esposa abnegada.

Cuando Gus acariciaba el ano de color marrón claro que asemejaba a una diminuta isla sobre la superficie blanca de la piel de Eva, esta no podía contener sus impulsos naturales acompañados de movimientos lentos en su trasero y el abrir y cerrar de los músculos que rodean el esfínter lo que estaba disfrutando de esta nueva experiencia sexual a la que Gus con su consentimiento la estaba arrastrando. Largo tiempo permanecieron en esta posición, hasta que

Gus le insinuó que ya era el momento para penetrarla primero por la vagina y luego por el ano si ella lo permitía. Eva desesperada por la ansiedad de tener una vez más el pene de su amado en su vagina, se colocó encima de sus muslos para meterse con sus manos la verga poco a poco hasta tenerla totalmente dentro; con incontrolable impulso Eva se movía de tal forma que contagió a Gus de moverse en igual forma, presa del placer y la lujuria se entregaba en cuerpo y alma mediante gemidos, alaridos y sollozos acompañados con frases: ¡que rico Dios mío! ¡dame más placer! ¡chúpame y muérdeme fuerte los senos! ¡Oh! ¡Oh! ¡que hermoso es el sexo! ¡qué bello ah, ah, ah, ah! Gus comprendió que Eva había llegado al punto máximo del placer conocido como el "clímax" con su vagina repleta de líquidos mucosos reflejo de lo más sublime que pueda tener una mujer cuando está completamente excitada y contagiada por el hombre desde el inicio en los juegos eróticos antes de la penetración.

Los orgasmos llegaron sucesivamente invadiendo la tranca de Gus, los vellos alrededor de los genitales y sobre la piel de ambos. Al momento que Gus le escuchó el suspiro final, le dijo al oído que hacer el sexo anal en este momento sería lo mejor para disfrutarlo a cabalidad ya que todo el cuerpo estaba preparado para el erotismo. Eva levantó su cabeza recostada sobre el pecho de él y con un si mudo, se levantó suavemente con la ayuda de Gus dejando al descubierto su enorme tranca que se encontraba en plenitud para ser introducida en otro agujero contiguo de donde salió. Gus se inclinó para agarrar su inseparable maletín de dónde sacó un pequeño envase de caucho unido a una perilla delgada de plástico con lubricante, separó las nalgas con sus manos y luego pidió a Eva que las sujetara para acariciarle el ano con su lengua; sin medir consecuencias, ella accedió al pedido solicitado por Gus que le dio una sensación agradable como recompensa a su actitud dominada por el sexo erótico. Poco después introdujo en el ano con suavidad la perilla, rociando gran cantidad del lubricante hasta el fondo del mismo; Eva acogió y disfrutó las caricias con la lengua de su hombre, estaba decidida y dispuesta a realizar el sexo anal cuando él lo intentara. Ella aún tenía sus nalgas separadas con sus manos lo que motivó a Gus realizarlo con delicadeza ya que era su primera vez y no quería hacerle daño. Ella tomó la posición de "La Huella del Tigre", es decir, se apoyó sobre sus manos y rodillas, con las nalgas alzadas y su cabeza hacia abajo, entonces Gus le roció un poco más de lubricante al ano y a su verga también; Eva sin temor estaba esperando el momento que él le abriera el agujero, sus pensamientos fueron interrumpidos cuando sintió el glande rozando los alrededores de su ano que esperaba la estocada.

Gus con mucho cuidado le abrió el ano empujando su verga lentamente para que el esfínter cediera a la poca presión de su parte, cuando este cedió la cabeza entró completamente luego él le preguntó ¿todo va bien? mi amor ¿no sientes ninguna molestia? Ella agradeció el gesto delicado de él contestándole que sintió un ligero dolorcito cuando penetró la cabeza pero que en estos momentos todo está bien.

Perfecto querida, ahora me acompañas diciendo ¡Oh! de sorpresa para que tu recto se dilate lo suficiente cuando te vaya penetrando; está bien mi amor lo haré ahora mismo contestó ella con entusiasmo. Así lo hizo, en cuestión de segundos gracias a la buena lubricación y el empuje con maestría que caracterizaba a Gus, le introdujo toda la tranca hasta sentir el calor de la piel de Eva sobre sus testículos; se quedó quieto por varios segundos para esperar que el ano y recto de ella aceptaran al intruso que penetró en su morada. Posteriormente Gus introdujo sus dedos de la mano derecha en la vagina y con los de la mano izquierda acariciaba los senos.

A pesar de no sentir dolor alguno como pensó en un momento dado, Eva se extrañaba de no percibir algún movimiento por parte de él, seguro que debe estar preparándome para ello, pensó. Ella no se equivocó en su apreciación, porque segundos después sentía que el miembro de Gus salía y entraba con facilidad; cuando la penetraba profundamente sentía una sensación tan agradable en el interior de su vagina que no podía explicarse como sucedía esto pero, tenía tantos deseos de mover su trasero que no demoró en hacerlo dándole más gozo y más placer en su cuerpo. Eva con los ojos cerrados a causa del placer proporcionado por delante y por detrás, llegó a su memoria la única vez que el padre de su hija le había pedido hacer el coito anal pero, ella educada en un ambiente religioso escuchaba desde muy joven la morbosidad que algunos hombres y mujeres hacían de esta práctica sexual considerada como pecado grave porque el ano fue hecho por Dios para defecar solamente. Estas últimas palabras fueron la respuesta de Eva a su ex–marido cuando pretendió hacerla suya por detrás.

Tiempo después se enteró que la separación de él se debió a esta negativa suya, ya que la mujer que tomó como pareja accedió a complacerlo en todas sus fantasías sexuales. Que tonta he sido durante toda mi vida, se dijo mentalmente, esto es hermoso cuando una se siente enamorada y el hombre es inteligente para entregarnos mutuamente y disfrutar todo lo que nos proporciona. Este placer es tan íntimo que es difícil de explicar, hay que sentirlo para vivirlo y gozarlo plenamente hasta el cansancio; cada movimiento que Gus le daba Eva gemía y sollozaba del placer recibido por las caricias en sus labios vaginales, clítoris, en los pezones y por supuesto en el ano.

Gus inclinó su cuerpo hacia el oído de Eva para hablarle, ella estaba tan concentrada en el acto sexual que apenas pudo escuchar cuando le dijo que moviera su cuerpo hacia atrás hasta tocar el de él para darle más caricias desconocidas por ella; Eva no pensó dos veces el requerimiento de su amado hombre, en segundos estaba sobre su cuerpo que luego acomodó a su antojo. Gus le abrió las piernas, con su mano izquierda tocó la raja vaginal completamente húmeda, en la mano derecha mostró a Eva la réplica de su verga en plástico de igual tamaño y grosor de la original; ella sonrió al verla y por instinto abrió más sus piernas para sentirla dentro su vagina, él se la colocó en la hendidura sedienta de penetración de arriba hacia abajo para lubricarla del líquido procedente de sus orgasmos; esto la puso más ansiosa que ella misma arrebatándosela de las manos de Gus, se la introdujo suavemente en la vagina produciéndole espasmos en su área púbica, luego hizo contorsiones lentas inicialmente para después moverse tan rápida que parecía que iba a salir volando por la tangente. Eva estaba loca de un placer erótico que no se pertenecía y solo pronunciaba palabras y frases como: ah, ah, ah, ah, que rico Dios mío, ah, ah, que hermoso es todo esto, que dicha, ah, ah, ah por muchos minutos estuvo gozando en esta posición, luego Gus le dijo que colgara su brazo derecho alrededor de su cuello para tener libre el área de su erguido seno para chuparlo; ella complaciente hizo lo que él le pidió e inmediatamente ella empezó a sentir la delicia de los chupones sobre su pezón y suaves caricias alrededor del mismo en forma obsesiva que a ella le agradaba porque después le pedía que se lo mordiera fuerte, ya que no sentía dolor sino placer que la hacía gemir hasta el punto de llevarla al orgasmo sucesivo. Posteriormente, con lentitud y sin prisa él la cambio de posición para mamarle, mordisquearle y chuparle el seno opuesto; esta que ya no se pertenecía por estar bajo el influjo de un erotismo extremo y nuevo para ella, porque tenía la sensación de estar con 3 hombres que estaban poseyendo su cuerpo, es decir, sexo vaginal, anal y su pecho.

Pasaban los minutos tan rápidos como los movimientos de estos dos amantes que Eva presa de un placer erótico e incapaz de controlarse así misma lanzó un grito parecido al aullido de una loba en copulación. Ambos descargaron el fruto de la pasión desenfrenada para luego entrar en un relajamiento gradual que evidenciaba la satisfacción carnal y mental.

Gus le musitó al oído lo hermoso y placentero de hacer sexo con ella en esta forma y entrega ¿qué él quería saber cuál era su pensamiento? Eva con voz entrecortada le contestó: "estoy tan feliz de haberte conocido en la intimidad que ahora estoy más enamorada de ti, te amo......... quedándose profundamente dormida mientras lo acariciaba.

Tiempo después, él la movió sacándole el pene con suavidad para ponerla más cómoda y quiso hacer lo mismo con la réplica de la verga pero sus muslos quedaron tan cerrados cuando movió su cuerpo que le fue difícil sacarlo sin despertarla, por tanto, se la dejó para que su cerebro en el área del subconsciente disfrutara también mientras dormía.

Gus se levantó dirigiéndose al baño para asear sus órganos genitales, por último se pasaba las toallas antibacterianas que le daban una sensación de estar más limpio y con olor agradable; regresó a la cama pero antes miró el reloj colgado sobre la pared leyendo 5:00 am y se dijo así mismo: Tengo que dormir un poco para recuperar energías ya que en algunas horas más ella y yo tendremos otra lucha cuerpo a cuerpo y quiero estar en buenas condiciones, entonces no hay otra alternativa a dormir.

Eran las 12:15 pm cuando Gus abrió los ojos, confirmó la hora cuando miró el reloj nuevamente y luego dirigió su mirada al cuerpo de Eva que yacía en la misma posición que la había colocado en la cama aún dormida; sin hacer ruido entró al baño, aseo su boca al igual que su pene al final de una larga orinada. Al salir del baño, la vio a ella por diferentes ángulos su cuerpo hermoso y bien distribuido a todo lo ancho y largo de su humanidad, de solo mirarla y pensar en la mujer bella que estaba compartiendo con él su cama, la tranca le comenzó con lentitud a levantarse lo que lo obligó ir a la cocina para preparar alimentos para ambos. Preparó café cuyo aroma surcó el aire invadiendo no solo la cocina sino que llegó hasta la nariz aguileña del perfil perfecto de Eva, quien al recibir el aroma agradable lo transmitió al cerebro para que ella abriera los ojos. En ese preciso momento, Gus venía avanzando hacia ella con una bandeja en sus manos con los productos preparados por él, para alimentarse que dicho sea de paso lo necesitaban ambos. El muy galante le dijo ¿cómo amaneció mi reina preciosa, esta vasallo le trae alimentos, café y jugo para que recupere sus energías, le parece bien?

Ella se lo quedó mirando con ternura y una sonrisa de satisfacción, le contesto: Gracias mi amor por tus palabras tan bonitas, te agradezco esta deferencia lo que me convierte no solo en tu reina sino también en tu esclava para todo lo que tú quieras de mí.

Gus colocó la bandeja sobre la mesita de noche quitando antes la lámpara, le dio una taza con el café negro que ella al olerlo le manifestó, querido me agrada el aroma pero me gusta tomar café con leche; él no se inmutó por la aclaración por el contrario, le dijo: Mi amor te he dado mi leche procedente de mis testículos en tus orificios vaginal y anal, así que ahora es el momento para que lo recibas en tu boca y mezclarlo en tu estomago ¿qué te parece la idea?

Eva coqueta sonrió y con un movimiento de cabeza aprobó la idea, este se acercó más a ella y teniéndola tan cerca le colocó el glande en los labios sintiendo su humedad, ella golosa abrió su boca y con la lengua empezó a lamerle la cabeza, luego el cuerpo hasta la unión con los huevos por arriba y por debajo que motivó a la verga levantarse lentamente hasta alcanzar la erección total, por espacio de varios minutos Eva chupaba la tranca con viva emoción ya que nunca en su vida había visto algo semejante, ella trataba de introducírsela toda en la boca pero solo lograba meterse un poco más de la mitad del pene porque se quedaba sin aire a punto de ahogarse. Hizo varios intentos y no lograba avanzar en la medida, por lo que Gus le sugirió que más tarde lo conseguiría que ahora él se iba a concentrar para que no durara mucho tiempo chupándole la tranca y derramarle el esperma, en pocos segundos Eva sintió en su boca los espasmos y los continuos chorros que Gus lanzaba a gran velocidad hasta su garganta del líquido cristalino y espeso; cuando ella empezó a tragárselo, él la contuvo diciéndole que tenía que tomarlo junto al café para mezclarlo y degustar lo que Eva quería tomar: café con leche, le recordó.

Por un instante, Eva se había olvidado de la causa que la había inducido a mamarle la verga a su hombre; en consecuencia, apartó su boca tomando entonces la taza con café que fue bebiendo en la medida que este se combinaba con el semen en su boca, así continuó hasta que succionó todo el esperma saliente del conducto y consumir todo el café. En varias oportunidades, Eva no podía detener el impulso de surcar su lengua sobre sus labios para saborear el placer erótico que le produjo tragar la mezcla de café y semen que ahora estaba depositado en su estómago; con voz sensual Eva le comentó a Gus que "el sabor de estos dos componentes fue delicioso a mi paladar, si no lo hubiera hecho, nunca me lo habría imaginado".

Después ambos degustaron los alimentos acompañado con jugo de naranja hasta desaparecer todo lo traído por Gus en la bandeja. Acto seguido Eva trató de incorporarse de la cama pero algo le impedía hacerlo libremente y fue cuando se dio cuenta que todavía tenía dentro de su vagina la réplica de la verga de Gus, este al percatarse de ello la agarró con su mano sacándola suavemente mientras ella suspiraba con el acontecimiento. Él se quedó mirando al juguete, con voz severa dijo: "sabes que duraste muchas horas dentro de la vagina de mi amada y disfrutaste su agujero también, eres un desgraciado".

Eva no pudo contener la risa que le produjo las palabras de enojo que Gus lanzó a su réplica del pene, luego ambos rieron a carcajadas por la actuación disfrutando el momento de relajación e inmediatamente ella se abrazó a él invitándolo a ducharse juntos.

Claro que si mi amor lo necesitamos pero, antes dame el tour para conocer tu casa porque solo conozco la sala, cocina y esta alcoba ¿podemos hacerlo ahora? Preguntó Gus.

Ella lo miró amorosamente, aceptando su mano bajó de la cama yendo abrazados por la cintura a recorrer la amplia y confortable propiedad. Lo que más le llamó la atención a Gus después de finalizar el recorrido fue el diseño del gimnasio, con una vista espectacular al jardín ubicado al otro extremo del patio que da una sensación de tranquilidad y concentración mientras se hacen los ejercicios. Me agrada tu vivienda y la decoración, te felicito querida le dijo Gus acompañado de una palmada cariñosa sobre su desnudo trasero. Por respuesta, ella mimosa le dio un beso en la mejilla, luego se inclinó doblando un poco su cuerpo y sus rodillas para besar y mamarle la verga por un instante para agradecerle su comentario.

Cuando regresaron a la alcoba principal, Gus se adelantó un poco y dijo: Me estoy orinando mi amor. Ella lo detuvo diciéndole: Déjame hacerlo yo primero, se me está reventando la vejiga. Está bien querida hazlo tu primero, contestó Gus. De inmediato, Eva se sentó en el inodoro y en pocos segundos se escuchó el chorro característico de orín, después mirando con esa sonrisa de una picardía natural a su amado, exclamó ¡qué alivio! Ahora te toca a ti querido; este le expresa lo siguiente: No te levantes mi amor, tengo algo nuevo para ti –recordando la idea de Ivonne- es algo inusual pero al final me dirás tu experiencia.

Ella intrigada lo miró a sus ojos y preguntó ¿qué es lo nuevo? Es fácil contestó él, simplemente levanta tus piernas y muslos lo que más pueda apoyándote con tus manos atrás.

¿Así? preguntó ella. Correcto querida, asimilas bien mis instrucciones ahora voy a echar mi orín sobre tu hendidura vaginal y tu ano y después me dices lo que sientes; Eva puso su mirada fija en el órgano de carne y sangre, luego vio salir el chorro de orín que Gus impulsó por medio del agujero en el glande que inundó su vagina cubierta de vellos que le produjo un sobresalto que no pudo evitar cuando sintió que el líquido rociaba sus partes íntimas diciendo "!huyyy! papito que caliente está pero que rico es sentirlo cuando desaparece la primera impresión". Gus siguió regando su orín arriba y abajo del sexo bien abierto hasta terminar, entonces le dijo: Mi amor no es mucho pedirte que quiera recortar tu vello púbico para hacerte mejor el sexo oral ¿me lo permites?. Eva definitivamente embriagada de amor por este hombre, le contestó: Nunca me lo he recortado o afei-tado, excepto cuando tuve a mi hija que me rasuraron en el hospital pero, si así lo prefieres puedes hacerlo mi amor; es tuyo para hacerme lo que quieras. Esta respuesta le dio gran satisfacción a Gus, quien de inmediato agarró su maletín sacando una tijera y un peine sellados.

¡Ah caramba! Ya viniste preparado exclamó Eva con asombro, al ver el equipo en mano de Gus. Claro querida es mejor así para no estar buscando una tijera y un peine para luego desinfectar ¿no te parece? Sobre todo para usar en un área muy delicada. Estás en lo cierto mi amor, expresó Eva, quien se lo quedó mirando esperando instrucciones; juntos llegaron al baño donde él le pidió acostarse sobre la tina en tal forma que la cintura quedara dentro, las piernas y pelvis permaneciera fuera. Una vez lograda la posición ideal, él empezó a recortar los vellos con suma facilidad y maestría; en la medida que lo recortaba lo iba guardando en una bol-sa plástica para no hacer reguero en el lugar como sucede en las peluquerías. En pocos minutos acabó su labor, luego tomó un espejo manual mostrando a Eva como había que-dado el área donde antes había abundante vellos. Ella con asombro expresó "mi amor, ni yo misma lo hubiera hecho mejor que soy estilista profesional, que corte bien realizado y parejo" moviendo el espejo en diferentes ángulos.

Gracias por tu comentario, le dijo Gus sonriente, luego la tomó por los brazos ayudándola a levantarse pero, ella en segundos se quedó mirando el pene de su amado que estaba un poco levantado posiblemente a causa de mirar sus labios vaginales mientras él le hacía el recorte de los vellos. Cuando terminó de salir de la tina, se inclinó agarrando la tranca y metiéndosela en la boca completamente para ponerla erecta e intentar de nuevo introducirla en su garganta para tragársela sin ahogarse. Gus se dejó seducir por la iniciativa erótica de Eva, esta al ponerla erecta hacía varios movimientos en su boca para lograr su cometido; él sentía que su verga entraba más y más, luego salía y volvía a entrar más en la garganta de Eva. Gus al verla que no conseguía lo que quería, le sugirió colocar su verga encima de la lengua y respirar por la nariz profundamente y luego meterla lentamente. Ella obediente, así lo hizo con agrado y poco a poco recibió cuan larga es, la tranca de su amante en turno hasta tocar con sus labios la pelvis de él, esta acción la repitió una vez más con resultado positivo lo que la motivó gritar con alegría ¡lo logré! mi amor, que felicidad me dio al tragármela toda, es increíble pero lo hice.

Después siguió practicando el ejercicio para consolidar el objetivo logrado, mamándole la verga con suma pasión; él concentrado en estos momentos sentía que ella lo abrazaba por la cintura empujándolo hacia su boca, cuando lo normal es que el hombre agarra por la cabeza a la mujer y la atrae hacia él para introducirle la tranca hasta donde su garganta lo permite; en este caso, todo era lo contrario porque esta mujer goza y disfruta del esfuerzo realizado.

Gus que ya había perdido el control de la situación, le dice: Mi amor ya me voy a correr, siento que el esperma está por salir ¿te lo puedo echar en tu garganta? le preguntó.

Ella asintió con un movimiento de cabeza para no sacarse la verga, poco después le derramó y lubricó con semen la garganta de Eva, quien por un momento tosió cuando recibió el líquido espeso y cristalino sin consecuencias. Cuando Gus terminó de eyacular, su miembro empezó a encogerse pero Eva lamía el agujero en el glande para sacarle el último residuo que salía por el conducto mediante la suave presión que ella le aplicaba a lo largo del pene. Poco después Eva, arqueaba su lengua hacia los labios superior e inferior hinchados por el ejercicio de la mamada que le produjo una sensación agradable a su paladar; al momento le dijo "mi amor no sabes lo que me gusta chupar y mamar tu pene, es más me fascina". Dicho esto se levantó y se abrazó a su hombre, este le respondió con ternura abrazándola y apretando sus nalgas con pasión.

Ella lo invitó a descansar en la cama antes de tomar el baño, mientras aseaba su boca y cepillar sus dientes. Gus se acomodó a descansar en la cama hasta que Eva saliera del baño, cuando ella salió, con los dedos de la mano lo fue acariciando desde los pies, pasando por sus genitales que aún descansaban, luego pasó al vientre musculoso donde empezó a darle besos hasta llegar al cuello donde se detuvo por largo rato lamiendo su piel sudorosa; por último ella lo besaba por todos lados de su rostro hasta posar sus labios sobre los de él, quien los recibió con un beso tan ardiente y lleno de lujuria.

Cuando separaron sus bocas, Eva le susurró al oído "mi amor no sabes cuánto te amo, estoy tan enamorada de ti que estoy dispuesta a todo lo que se te antoje para que te sientas muy feliz a mi lado". Gus no tardó en responder diciéndole "querida contigo me siento muy feliz a tu lado porque eres sensual y respondes a todos mis caprichos eróticos y lascivos también". Luego la miró a sus ojos que brillaban de pasión, atrayendo su cuerpo hacia él y volviéndola a besar.

Posteriormente, se incorporaron de la cama dirigiéndose al baño para ducharse, ella colocó un gorro plástico sobre su cabellera abundante y hermosa para no mojarla. Eva tomó la iniciativa de enjabonarlo y bañarlo a él primero para que Gus hiciera lo mismo con ella cuando terminara, al finalizar el baño Eva le hizo la pregunta siguiente ¿sabes qué amor, me gustaría besar y lamer tu culo como lo haces conmigo, ahora que estamos limpios y bien aseados me dejas hacerlo?.

Gus se quedó en silencio por varios segundos sin saber que contestar, tomando el control de si mismo le respondió: Debo decirte que eres la primera mujer que me hace una propuesta como esta, además tú has visto que esa área está cubierta de muchos vellos que te impedirían lamer mi ano, si es lo que quieres hacerme.

Entonces déjame ser la primera en hacerlo, contestó ella y sobre los vellos es lo de menos para mí, recuerda que soy estilista ya sabré como separarlos para acariciarte el ano.

Gus se la quedó mirando a sus ojos marrones, quedándole claro que los deseos eróticos de esta mujer preciosa se le cumplirían porque ella estaba decidida e insistiría hasta lograrlo; además en el contrato había un párrafo donde él se comprometía a satisfacer a la mujer en sus deseos y demandas sexuales.

Está bien querida tu ganas pero, antes déjame darte unas toallas antibacterianas para que me limpies toda el área; ella muy contenta las agarró y se los pasó por dentro y fuera del ano hasta los testículos, luego le pidió que pusiera sus rodillas y manos sobre la cama y alzara su trasero. Gus cumplió el deseo de ella, quien seguidamente dio comienzo a su ritual de surcar su lengua alrededor del pequeño agujero anal de él; este sintió un escalofrío cuando sintió los labios y la lengua primero en sus nalgas y luego en la zona íntima protegida por una selva de vellos que no opusieron resistencia cuando los dedos diestros de la estilista los apartaba para llegar al lugar que ella había elegido, logrado el objetivo Eva movía su lengua con rapidez sobre el circulo que estaba oculto y ahora le pertenecía lamiéndolo a su antojo, por el centro y sus alrededores con un erotismo que ella misma desconocía de lo que era capaz de hacer en un hombre.

En minutos, Gus sin duda estaba disfrutando esta práctica sexual porque vio que su tranca se estaba levantando al compás de las caricias que ella le estaba administrando por el culo. Ahora podía entender el placer que todas las mujeres poseídas por él, se estremecían de una pasión erótica cuando les lamía el culo y ahora, a su pesar se sentía entusiasmado con la misma medicina que ha aplicado en muchas mujeres. Nunca se imaginó que esta joven mujer con cara de adolescente le pidiera e hiciera algo semejante, pensó; mientras ella con sus manos buscaba su tranca y testículos para acariciarlos lo que le provocó una excitación muy agradable por el frente y la retaguardia. Por intervalos, Eva detenía su loca ansiedad de mamarle el culo a Gus para decirle: Amor mío, quiero que me la metas un rato por la vagina y después por el culo para disfrutar tú verga por mis dos agujeros ¿lo harás? Inquirió ella.

Claro que sí mi amor, se hará como tú quieres le respondió él. Al instante, Eva cambió de lugar para colocarse como Gus estaba un minuto atrás pero, antes él le entregó varias toallas de su maletín para que limpiara sus labios y lengua después de hacerle la fantasía que ella deseaba sobre el ano de él. En la nueva posición, ella arqueó su cuerpo por instrucción de Gus de tal manera que su vagina y ano estaban totalmente al descubierto, él empezó a chuparle los labios vaginales con voracidad y el ano también; sin embargo, no estaba contento con esta posición por lo que optó a ponerse debajo de ella para hacer el 69, o sea, mientras él le acariciaba la vagina y su alrededor ella le chupaba la tranca, cambio que a ella le agradó ya que disfrutaba el sexo erótico en esta posición. Agarró la verga erecta de él, acariciándola con sus manos a todo lo largo; luego le pasaba su lengua por todos lados, después empezó a chuparla con pasión desmedida como si fuera un helado de su predilección, cuando la tenía bien lubricada con su saliva la introducía poco a poco en su boca hasta tenerla completamente dentro de su garganta y respirando por la nariz con pausa para no ahogarse. Gus estaba sorprendido de la facilidad con que Eva se metía su verga hasta el fondo, haciéndole recordar a la extinta actriz del cine porno Linda Lovelace la que filmó la película "Garganta Profunda" en 1972, considerada en estos tiempos un clásico del cine pornográfico.

Gus lamiendo y chupando la vagina y clítoris de ella, notó lo húmeda que estaba por el olor que emanaba, aroma que lo excitaba mucho más en combinación con el roce de la cabeza del pene con la campanita de la garganta y el movimiento gutural que hacía como si se la fuera a tragar.

Sin previo aviso, Eva se levantó de un salto felino colocándose encima de él e introduciendo con rapidez la verga en su vagina; simultáneamente le ofreció sus senos erguidos y hermosos para ser acariciados como a él le gustaba y ella gozaba de felicidad. Así permanecieron por un largo tiempo su sexualidad. Posteriormente, Gus se enderezó atrayéndola contra su cuerpo para con sus dedos golpear suavemente el ano de ella; Eva acercando su boca al oído de Gus le dijo que estaba disfrutando el sexo por delante con orgasmos seguidos y ya quería gozarlo por detrás en estos momentos, para eso se iba a levantar un poco más para introducirse el pene en el ano, a lo que le insinuó hacerlo como él le había enseñado pero, ella insistió hacerlo a su manera.

En pocos minutos Eva anunciaba con gemidos, sollozos y gritos opacados con su mano puesta en la boca la cadena incontrolable de orgasmos y aún jadeante se incorporó para coger la verga de Gus para meterla en su pequeño agujero anal, este fue cediendo en la medida que ella iba poco a poco bajando su trasero y se acordó de gesticular el sonido ¡Oh! de sorpresa para que la tranca entrara sin dificultad hasta el fondo; llegado a este punto Eva duró varios segundos sin moverse para que verga y ano se acoplaran con gusto y plácidamente iniciar los movimientos oscilatorios que a ella le encantaba. Por espacio de largos minutos, Eva oscilaba sobre el duro eje erótico de Gus en donde sentía tanta satisfacción como por delante y ahora estaba siendo masturbada por los dedos de él; de improviso Eva giró suavemente colocando su espalda frente al torso de Gus quien no salía de su sorpresa cuando ella abriendo sus piernas le pidió meterle el juguete erótico o mejor la réplica de la tranca en su vagina; este extendió su brazo y agarró su inseparable maletín donde guardaba el estuche con la réplica de su miembro, la sacó para limpiarla y lubricarla antes, luego se la introdujo con suavidad hasta lo más profundo que su capacidad vaginal lo permitía; esto la enloquecía tanto que le provocaba hacer movimientos tan rápidos como yagua al galope sin control, acompañados con gemidos, llanto, gritos y palabras incoherentes que mostraban su completa satisfacción sexual y erótica. Finalmente, los amantes lograron llegar al clímax del deseo carnal como sus mentes y cuerpos lo deseaban; Eva quedó recostada al pecho de su amado aún jadeante le preguntó ¿amor cómo es posible que teniendo tu pene dentro de mi ano, me llegan muchos orgasmos? La respuesta es sencilla querida, en el ano femenino existen 2 nervios que son el "Perineal" y el "Pudendo" que están conectados con el clítoris y estos al ser activados por el roce de la verga envían la señal para que se produzca la grata sensación que ustedes las mujeres sienten con agrado y esta se refleja en el orgasmo. Gracias amor por esta respuesta que, me confirma que no solo eres apuesto sino que conoces todo sobre lo más íntimo de la mujer, te amo por todo lo que eres y...... llegado a este punto sus ojos se volvieron pesados y por más que trataba de abrirlos no podía quedándose dormida del placer vivido en minutos anteriores.

Gus cuando presentía que Eva ya se encontraba a punto de llegarle el clímax, lanzó el semen al culo precioso lubricándolo en toda el área para futuro encuentro anal como a ella le gustaba. Poco después la acomodó bien en la cama, luego se dirigió al baño donde nuevamente aseó su miembro varonil, enjuagó su boca y cepilló sus dientes para estar preparado a otro round más tarde como era de esperarse. Miró el reloj que marcaba las 3:30 pm y no había probado bocado alguno, fue a la cocina donde se preparó algo rápido y saludable acompañado de una copa de vino tinto para recobrar energías. Regresó a la alcoba donde vio tendida boca arriba el cuerpo hermoso y bien delineado de Eva en todo su esplendor corporal, la verdad que esta mujer llena todos mis requisitos, pensó él. Bueno voy a descansar un poco también, antes programó el reloj pulsera para 5 horas después en vibración para no hacer ruido en caso que Eva estuviese aún dormida.

El tiempo continuó su marcha sin interrupción, hasta que el reloj de él vibró a la hora estipulada abrió sus ojos y la vio a ella con los ojos cerrados aún y con una sonrisa en su boca, diciéndose a sí mismo entre dientes: "Que hermosa es la condenada". Al cabo de una hora, Eva abrió un ojo y luego el otro; pasados unos segundos lo vio a él quien la estaba mirando cerca de su cara, con gesto amoroso se arrimó mucho más a su cuerpo dándole un beso y mordisqueándole los labios él le respondió de igual forma fundiéndose en un beso profundo y apasionado por largo tiempo Ella se apartó de él suavemente para decirle "sabes que te amo con pasión y, siento que es una necesidad decírtelo para que hagas lo que quieras de mí, soy tuya en forma incondicional".

Gus la abrazó atrayéndola junto a él uniendo sus labios para continuar jugueteando sus lenguas en la boca del uno y del otro. Después de disfrutar las caricias en sus cuerpos, por un periodo extendido se pusieron a dialogar sobre el presente y futuro del romance, momento que Gus le tocó el tema sobre su sistema de multinivel del placer y su compensación por referir a mujeres solteras, sin vicios y por ende hermosas y no mayores de 40 años de edad.

Enterada Eva de los proyectos de su amado, su mente no concebía buscar otras mujeres para que ellas lo disfrutaran en sus necesidades sexuales; por otra parte también veía la oportunidad de estar a su lado por 8 horas sin costo alguno, aunque para ella esto sería lo de menos.

Haciendo un recuento mental, en su Salón de Belleza llegaban muchas mujeres con problemas de diferentes índoles, especialmente el sexual por estar divorciadas, separadas, viudas y por supuesto las incomprendidas en el lecho; sí que conocía muchas mujeres con deseos de tener relaciones íntimas sin compromiso.

Después de dialogar extensamente, Gus fue a la cocina para preparar alimentos para los dos y una botella de vino tinto que fueron consumidos rápidamente. Eva se levantó para ir al baño y hacer sus necesidades fisiológicas, aseo su cuerpo, boca y cepilló sus dientes para luego volver a la cama donde Gus la esperaba con los brazos abiertos; ella colocó su cuerpo sobre el de él para reiniciar las caricias que ambos disfrutaban durante el día y la noche haciendo sexo erótico por todos los agujeros de Eva hasta el cansancio.

A la mañana siguiente del día Domingo, Gus despertó mirando a su alrededor y la vio a ella acostada boca arriba que era su posición habitual para dormir, tenía su cabellera hermosa caída sobre sus hombros que le daba un aspecto de diosa griega, siguió recorriendo con su mirada todo su cuerpo para detenerla a la altura de sus muslos un tanto separados que mostraban el encantador triangulo de su pubis con los vellos recortados que permitía ver sus labios vaginales de color rosa. Deleitó sus ojos por un rato, observando detenidamente a esta fémina que había cautivado su atención no solo en este tiempo de intimidad sino desde que la conoció; luego fue al baño a hacer sus necesidades fisiológicas y asearse como de costumbre.

Posteriormente, tomó rumbo hacia la cocina cuando una voz sutil y apasionada lo detuvo en el punto de avanzada preguntándole ¿A dónde vas mi amor? Era ella por supuesto, se dijo en su mente, retrocedió un poco diciéndole: Voy a la cocina cariño para ver que preparo para los dos para alimentarnos. A su vez, ella le dijo: No te preocupes por mí, con tenerte a mi lado yo me alimento de ti.

Gus se detuvo y girando sobre sus talones, regresó a la cama colocándose al lado de ella para acariciarla como ella se lo merece por su actitud, besándole el rostro, los labios, el cuello luego bajó a sus senos erguidos como dos torres desafiantes para luego empezar de nuevo la lucha de cuerpo a cuerpo que estos dos amantes del placer erótico extremo, nos han cautivado durante horas. Después de penetrarla varias veces en diferentes posiciones y por todos sus agujeros, los dos eyacularon sus líquidos espesos naturales a consecuencia del erotismo en que estuvieron envueltos con el consabido descanso para recargar energías.

Faltando 30 minutos para las 4:00 pm del Domingo, hora y día que finalizaba el contrato entre los dos amantes; Gus despertó después del sueño reponedor, se incorporó en la cama y se fue directo al baño como de costumbre para hacer sus necesidades y asearse. Cuando salió de este, la vio a ella sentada sobre su cama con las piernas separadas que enseñaba su sexo atractivo al hombre más exigente, luego se pasó las manos por su cabellera desordenada preguntándole a Gus ¿qué hora es querido? Este le contestó: Faltan 20 minutos para las 4:00 pm.

¡Oh querido! Ya casi tienes que irte y minutos más tarde llegará mi hija con Ivonne, exclamó Eva rápidamente bajó de la cama, penetró al baño mientras él se colocaba la camiseta, pantaloneta y zapatos deportivos, luego arregló su maletín personal, sacó el estuche donde guarda la réplica de su pene que ya estaba limpio y bien aseado colocándolo en el sitio respectivo; en segundos salió Eva del baño aún desnuda con la toalla sobre el cuello, Gus la detuvo un instante y le dijo: Amor, enseñándole el estuche abierto, te quiero regalar mi juguete erótico como muestra de tu entrega total hacia mí, durante todas las horas que apasionadamente nos acariciamos e hicimos sexo erótico hasta el cansancio. Eva miró el estuche y sonrió, lo agarró colocándolo a un lado de su cama; después se abalanzó sobre él abrazándolo por el cuello dándole besos por todos lados de su cara y labios, luego le susurró: Gracias mi amor, este juguete me recordará los momentos más agradable de mi vida en materia sexual y cuando tenga deseos de lujuria me lo meteré en la vagina pensando que eres tú. Ella cogiéndolo por la mano, llegaron juntos a la puerta pero, antes de quitarle el seguro Eva lo abrazó fuertemente besando sus labios, ella bajó uno de sus brazos y con la mano agarró la tranca de él por encima del short; con voz suave y melosa le dijo: Querido todavía faltan unos minutos para que te vayas, te deseo tanto que quiero me la metas otra vez en mi vagina, te lo pido mi amor ¿lo harás? Le preguntó con voz ansiosa y suplicante.

Gus miró su reloj pulsera, efectivamente faltaban 10 minutos y él no podía darse el lujo de no aceptar una petición de esta naturaleza procedente de una mujer tan hermosa como Eva; él la miró en silencio asintiendo su deseo. Eva abrió con facilidad la cremallera del short, tomando en su mano la verga aún flácida de Gus, inclinó su cuerpo metiéndosela en la boca y con ansia loca se la engulló hasta el final para sentir desde adentro la erección de la verga de su hombre; cuando esta se levantó totalmente, la introdujo hasta el fondo de su garganta por segundos y luego jaló a Gus hasta el sofá donde inclinó su cintura hacia abajo colocando sus manos sobre el mueble, abrió sus piernas hasta donde pudo hacerlo pidiéndole que se la metiera enseguida ya que su vagina estaba húmeda y lubricada por el deseo ardiente que le quemaba en su interior.

Gus se le acercó por detrás, colocándole la tranca en la abertura sedienta de sexo; la introdujo con lentitud hasta que sus testículos tocaron la piel suave de Eva, esta al sentirlo en lo profundo comenzó a moverse tan rápido que parecía salirse por la tangente a pesar de tener un eje que aparentemente la controlaba en sus movimientos, él apretaba sus senos tan fuertes como a ella le gustaba que en pocos minutos los dos amantes concentrados recibieron a cambio el estímulo físico de correrse simultáneamente con gemidos, sollozos y alaridos por parte de ella y el gusto del placer consumado por el lado de Gus. Eva gozosa se dejó caer de rodillas sobre la alfombra que adornaba el centro de los muebles de la sala.

Gus a su vez abrió el maletín sacando unas toallas higiénicas, se exprimió y limpió su verga ya extenuada y frágil que se dejó encerrar nuevamente en la prenda deportiva; él miró el reloj de pulsera que marcaba las 4:05 pm, se acercó a Eva diciéndole lo siguiente: Amor te queda poco tiempo para asearte y arreglarte para recibir a tu hija y amiga Ivonne, además quiero compartir contigo, que me siento muy complacido por esta y las anteriores batallas eróticas. Le estampó un beso en los labios, se alejó, abrió la puerta, miró a los alrededores y como era de esperarse la calle estaba vacía en la tarde del domingo. Rápidamente a grandes zancadas llegó al final de la calle doblando la esquina y en pocos minutos llegó a la puerta de su casa, que abrió siguiendo hasta la oficina donde se acomodó sobre un sofá-cama para descansar, pensar y coordinar todo este acontecimiento que de seguro le dará cosas muy buenas.

Mientras tanto Eva, se incorporó en donde estaba arrodillada, con paso firme fue a su alcoba, abrió el guardarropa, sacó los interiores necesarios y ropa para vestirse; entró al baño a lavar su sexo solamente, en pocos minutos se lo secó con la toalla, se puso las prendas íntimas que le permitió observar los diferentes colores que mostraban sus senos, los muslos cerca de la pelvis debido a las caricias lujuriosas que experimentó con agrado al lado de Gus; luego se vistió y se colocó un maquillaje tenue que borraba todo indicio de trasnocho o cosa similar. Pensativa fue hacia la sala, allí se sentó de nuevo en el sofá donde empezó y terminó sus 48 horas de sexo al lado del hombre que deseaba de tiempo atrás y con una sonrisa en sus labios se dijo a si misma estar muy feliz y complacida en mente y cuerpo por la experiencia aprendida y realizada con su maestro maravilloso llamado Gus.

CAPITULO 4

A las 4:35 pm tocaron a su puerta, Eva la abrió y allí en el umbral estaba su amiga y confidente Ivonne con cara de preocupación; las dos muchachas venían detrás de ella conversando muy animadamente, todas entraron a la casa en la misma formación que llegaron saludando a la anfitriona con un beso en la mejilla. Las chicas se sentaron en el amplio sofá quedando Ivonne rezagada sin intención de sentarse, Eva al ver la expresión y la indecisión de Ivonne le preguntó ¿qué te pasa amiga te veo muy preocupada desde que llegaste? ¡Hay! Amiga ya te contaré pero antes dime ¿cómo te fue con la experiencia sexual? Eva sin presumir, le contestó: ¡Fantástico! Gus es un digno ejemplar del sexo masculino, es una lástima que no haya en nuestra ciudad tantos hombres como él porque ya están en extinción.

Las dos amigas rieron por un momento hasta que Ivonne tomó la vocería nuevamente para dar la noticia que Eva no sospechaba, te confieso amiga –con voz trémula- que nuestras hijas son lesbianas.

¿Qué, qué? Le interrogó Eva, ¿acaso escuché bien o interpreté mal tu expresión?

No amiga, escuchaste muy bien confirmando Ivonne; nuestras hijas son lesbianas y se aman con pasión, lo pude comprobar e hice una grabación a escondidas cuando empecé a sospechar del asunto en el lugar donde permanecimos el fin de semana, mientras tú te divertías sexualmente con Gus. Un momento amiga, increpó Eva ¿es eso un reproche o celos de haber compartido por 48 horas con el hombre que tú me recomendaste?

No, no es eso amiga mía es un decir nada más, por favor, no te incomodes respondió Ivonne.

Por espacio de una hora, las dos amigas estuvieron conversando y analizando la situación de sus hijas para encontrar una solución; al final Ivonne convenció a Eva que Gus podría ser la llave de este laberinto sin salida porque en su página contempla este tipo de ayuda a los padres con problemas de orientación sexual en sus hijas, acordando entrevistarse con él siempre y cuando estuviese el tiempo disponible para ayudarlas a resolver este dilema.

Cuando Ivonne se marchó con su hija Astrid, Eva se acercó a su hija cruzándole el brazo derecho por encima del hombro, caminando lentamente de vuelta a la sala diciéndole: Hija, lo sé todo y ahora quiero escuchar con tus propias palabras, como empezó todo este relajo sexual entre tú y Astrid. Las dos mujeres, madre e hija, se sentaron al tiempo en el confortable sofá; en el lugar donde horas antes Eva inició su recorrido sexo-erótico con él pero, esta vez la situación es difícil e incomprensible para ella.

Con voz pausada y firme, Vivian le fue narrando a su madre las causas que la llevaron a aceptar a su amiga Astrid en una relación sentimental más allá de la simple amistad; la primera noche que ella se quedó en casa porque su madre viajó a la capital por 3 días por asuntos de negocios ¿lo recuerdas madre? Interrogó Vivian.

Claro que sí me acuerdo, contestó Eva.

Esa noche, continuó Vivian su relato, Astrid trajo consigo en su equipaje unas películas de porno para verlas en su IPod, ella me invitó a observarla pero le dije que no porque tú siempre hablas de lo perdida que está la juventud por mirar cosas que no están diseñadas para su edad ¿estoy en lo correcto? Volvió Vivian a interrogar a su madre.

Así es hija y nunca me cansé de decírtelo, respondió Eva.

Posteriormente, le siguió comentando todo lo que ocurrió después de ver las películas, las sensaciones vividas en su cuerpo y mente desde el momento que Astrid empezó a acariciarla y permitirle llegar a su intimidad porque su mente y cuerpo estaban preparados para recibir un juguete que ella se amarró en la cintura y que luego le penetró en la vagina.

Durante la confesión, Vivian mintió y omitió todo lo relacionado con la pérdida de su virginidad y lo que pasó realmente en la piscina del vecino, es decir, lo que vio antes y lo que vivió en su cuerpo al lado del hombre que la convirtió en mujer.

Eva la escuchaba atentamente pensando a la vez en que había fallado, para que su única hija llegara a convertirse en lesbiana; esto era algo que no encajaba en su mente porque ella la había visto durante su crecimiento de niña a mujer, ningún síntoma sospechoso entre las hijas de sus amistades femeninas.

Definitivamente, la influencia de Astrid pudo más que la educación impartida por ella durante años pero, no se iba a dar por vencida tenía que hacer algo para que ella pudiera revertir su actitud sexual orientada en forma equivocada, para recuperar a su hija de los brazos de Astrid.

Eva, poco después de escuchar a su hija, las dos mujeres se dieron un abrazo y un beso fraternal de buenas noches para dirigirse a sus respectivas alcobas.

A la mañana siguiente, cuando Eva se disponía llevar a su hija a la escuela vio aquel hombre de piel tostada por el sol, trotando hacia el lugar donde ella se encontraba procedente del parque cercano a su casa; su corazón empezó a latir tan fuerte que temía se le fuera salir del pecho por la emoción de volverlo a ver pero, recordó que su hija estaba dentro del auto conformándose a recibir un saludo a la distancia. Al mismo tiempo su hija Vivian dentro del vehículo, lo observaba con ojos lujuriosos desde que vio su silueta cubierta de ropa deportiva; al pasar cerca del carro ella le lanzó un beso al aire que él respondió con un saludo de mano para ambas.

Después de dejar a su hija en la escuela, tomó rumbo al Salón de Peluquería donde su amiga y confidente además de asistente también, la recibió con una amplia sonrisa de lado a lado y un fuerte abrazo. Cumplido el protocolo de bienvenida, su asistente de nombre Nohemí, mujer de unos 25 años, alta estatura, esbelta con un cuerpo bien formado, piernas largas bien torneadas, rostro angulado y precioso, de tez trigueña con una cabellera de color negro azabache y sedosa bien cuidada que era la envidia de todas sus clientes, quienes le pedían consejos de tratamiento para mantener saludable el cabello como el de ella.

Eva le tenía un gran aprecio por su lealtad durante 8 años desde que la conoció, debido a que a la edad de 17 años fue violada por todos sus agujeros en su pueblo natal por unos pandilleros de la raza negra; con tan mala suerte quedando embarazada de aquel acto carnal no deseado.

Por este hecho, fue despreciada y separada del seno familiar porque ella no permitió abortar al bebé indeseado por su familia; desde entonces Nohemí familiar de quien fuera su esposo se fue a vivir con ellos, después de tener la niña de la raza negra y cabello lacio como la madre, logró terminar sus estudios en la secundaria para más tarde solicitarle a Eva que le ensañara el arte de la peluquería para ingresar después a la escuela especializada y obtener la certificación que se requiere para sacar la licencia que permite ejercer la profesión de estilista en el estado.

Cuando la niña cumplió los 6 años de edad, ingresó a la escuela elemental que facilitó a la bella Nohemí rentar un pequeño apartamento cerca del local de trabajo que la favorecía para abrir y cerrar el negocio de su amiga y mentora Eva. Los lazos que las unían eran muy fuertes, el cariño y los momentos de alegría y de tristeza fueron compartidos como esta última en la separación de su pariente con Eva por otra mujer; por estos motivos Nohemí estaba al tanto de la aventura de Eva con Gus el pasado fin de semana, ya que ella quedó al frente del negocio en esos días.

¿Cómo te fue en el encuentro íntimo sexual? Preguntó sonriente Nohemí a Eva quien no podía esconder el velo de tristeza que reflejaban sus ojos. Al escuchar la pregunta de su asistente que la relacionaba con Gus, no pudo disimular la emoción que le producía recordar las horas vividas al lado de ese hombre lo que originó la respuesta siguiente: Mi querida Nohemí, fue hermoso, no sabría cómo explicarte con palabras la sensación tan agradable que mi mente y cuerpo con varios años de inactividad sexual haya disfrutado como nunca esta relación íntima con Gus, le contestó Eva; sin embargo, no todo terminó como esperaba ya que cuando todo era alegría y satisfacción, recibí una noticia tan desagradable que me ha herido profundamente.

¿Cómo así, qué pasó después? Preguntó ansiosa e impaciente Nohemí.

Eva con ojos lubricados por lágrimas escondidas, le dio a Nohemí toda la información que su amiga Ivonne le comentó y la propia confesión de su hija en la relación con Astrid.

Nohemí extrañada no podía dar crédito a lo dicho por Eva, era imposible que esa niña de ayer hoy hecha mujer, a quien conocía de tantos años se haya convertido en lesbiana de la noche a la mañana; ella nunca le notó esa inclinación como dicen los expertos cuando una mujer toma esta decisión. Entonces ¿Qué piensas hacer al respecto? Inquirió Nohemí con ansia de saberlo. Aún no sé, contestó Eva pero Ivonne y yo tenemos que pensar en algo juntas porque ella está atribulada también por esta situación que nos ha cogido por sorpresa.

Cuenta conmigo para lo que sea, contestó Nohemí en tono firme y decidida a ayudar a su amiga en este trance; ya que Vivian es la madrina de su hija y además ella vive muy agradecida de los consejos que Eva le dio cuando más lo necesitaba. A los pocos minutos, empezaron a llegar los clientes programados en la mañana suspendiéndose el dialogo entre ellas.

En horas de la tarde, sonó el celular de Eva esta lo miró y vio que era Ivonne e inmediatamente contestó ¿hola Ivonne cómo estás, que has averiguado? Me siento muy mal amiga, este asunto entre nuestras hijas me tiene aún en "shock" y no acabo de entenderlo, respondió Ivonne. Tú y yo tenemos que hacer algo y prosiguió, tengo una idea y quiero compartirla contigo; antes de recoger a tu hija en la escuela ¿puedes venir a mi oficina? Eva observó su reloj que marcaba la 1:30 pm en esos momentos, claro que sí amiga ¿qué hora sería la indicada? Interrogó Eva.

Ahora mismo, si te es posible, respondió Ivonne. A continuación Eva chequeó su página de los clientes programados para la fecha observando que ya no tenía ningún compromiso, está bien amiga voy ahora mismo, le confirmó. Antes, de salir habló con su asistente diciéndole el motivo de su partida a temprana hora.

Eva llegó a la amplia y espaciosa oficina de Ivonne, quien de inmediato solicitó a su secretaria traer algo de tomar antes de conversar en su oficina privada; en pocos minutos las dos amigas estaban tomando café con aroma agradable que les hizo recordar el que Gus preparaba cuando compartieron la cama junto a él, sus miradas fueron cómplice para emitir cualquier palabra.

Mientras tomaban el café, Ivonne inició la conversación para exponer su idea a Eva; esta muy atenta asintió con escucharla que era su propósito. Ivonne carraspeando su garganta le dijo: Pienso que nuestras hijas, se entregaron entre sí mediante el acto sexual porque tú y yo por continuar las reglas morales que nos enseñaron nuestros padres, no le hemos permitido la relación sexual con un hombre; el hecho de ver películas pornográficas conlleva a que hombres y mujeres se masturben si están solos o hacen orgías si están en grupos, esto influye en su ser para hacer lo prohibido y desconocido que para colmo es repudiado por la sociedad. Mi idea es que, si le permitimos tener sexo con un hombre es posible que ellas cambien de actitud cuando conozcan la otra cara de la moneda ¿no te parece? Interrogando Ivonne a Eva en su propuesta. Eva pensativa y pendiente de las palabras de su amiga, contestó: Estoy de acuerdo en todo lo que dices pero, quien o quienes serían esos muchachos porque ni tú ni yo le conocemos algún pretendiente que las cortejara.

Con una sonrisa en sus labios gruesos y hermosos Ivonne lanzó el nombre de Gus que, sería la única persona en

141

quien confiaría para que sedujera a las muchachas para que volvieran a ser como antes, es decir, heterosexuales después de comprobar y comparar el sexo entre seres de diferente género.

¿Qué, qué? Respondió Eva asombrada al escuchar el nombre de Gus, acaso ¿estás loca? Le dijo Eva inquiriendo una respuesta.

Ivonne con un lenguaje mesurado, tranquilo y convincente le manifestó lo siguiente: Tú y yo conocemos a ese hombre maravilloso en la intimidad y creo a mi parecer, que sería el hombre indicado por su experiencia y trato a las mujeres. Además, tú sabes que él no abusa si la mujer no quiere hacer algo que ella no desea sexualmente; para mí esta sería la solución a la pesadilla que tenemos. En mi humilde opinión, prosiguiendo Ivonne, cada una de nuestras hijas estaría con él en la intimidad las 8 horas que ofrece de compensación en su contrato por cada referido, yo ya tengo esto por el contrato entre ustedes dos y su cumplimiento.

Eva estaba poniendo a trabajar su cerebro fuera de lo común analizando la idea "loca" de su amiga que le parecía descabellada, porque compartir un mismo hombre con amigas, es distinto a compartirlo con una hija. Por otra parte, entregar a su hija en brazos del hombre que ella ama con locura, le parece fuera del contexto moral.

De todas maneras mi querida Eva, tomando nuevamente la palabra Ivonne: Yo lo voy a intentar y dependiendo del resultado, te lo haré saber; a propósito para tener la compensación tienes que buscar una candidata para referírsela a Gus y obtener el beneficio, con esta frase Ivonne dio por terminado el diálogo.

Eva no estaba convencida que esta fuera la solución, de camino para recoger a su hija Vivian en la escuela iba pensando en todo lo que escuchó de boca de Ivonne e incluso en la elección de la mujer para disfrutar el sexo con Gus para obtener el beneficio de las 8 horas. ¡Qué locura, Dios! Al llegar a los predios de la institución escolar, divisó a lo lejos la silueta de su hija caminando al lugar para recogerla agarrada de manos con Astrid, cuando esta última vio el vehículo de Eva se despidieron con un beso en la boca y alzando la mano a manera de saludo a la madre de Vivian. Esta imagen no le agradó a Eva por lo que cuando su hija se sentó a su lado y después del beso protocolario, inquirió a Vivian más respeto delante de ella y de la gente que se encuentre a su alrededor cuando estés junto a tu "amiguita".

¡Ay! Madre no te pongas en eso, le contestó Vivian y prosiguió: Tú sabes que hoy día es normal ver parejas de un mismo sexo abrazados y besándose en lugares públicos, las leyes lo permiten y por tanto yo no veo nada anormal en mi relación con Astrid, ella y yo nos queremos y eso es suficiente para seguir adelante así les guste o no les guste.

Ante esta respuesta tan contundente de su hija, ahora más que nunca necesitaba conseguir la amiga que compartiera la cama con su adorado Gus, para obtener el beneficio que el MLM del placer le ofrecía. Sumida en su pensamiento, iba barajando nombres de su clientela y amistades para presentarle a él la candidata idónea pero, en cada una de ellas encontraba un motivo que sabía de antemano que a Gus no le gustaría.

Por fin, una luz se encendió en su cerebro y recordó que su íntima amiga y asistente Nohemí le dijo que estaría dispuesta a todo para ayudarla en esta encrucijada; después de dejar en casa a Vivian para hacer sus tareas escolares, regresó a su Salón de Belleza para conversar con ella, al entrar por fortuna la vio desocupada invitándola a su oficina privada. Esta sorprendida de ver nuevamente a Eva en el local se extrañó después de haberse despedido horas antes. Siguió sus pasos entrando y sentándose frente a ella para saber el motivo de su retorno.

Nohemí, amiga necesito tu ayuda en estos momentos cruciales por los que atraviesa mi hija y yo, le habló Eva en forma implorante a su interlocutora.

Por mí no hay problema querida amiga, estoy dispuesta a colaborarte en todo lo que esté a mi alcance, reafirmando Nohemí su posición respecto a su promesa anterior.

De todas maneras yo le veo un problema y este consiste en hacer algo que tu rechazas por lo sucedido en tu pasado que, a pesar de los años transcurridos no has logrado superar esa hoja del libro de tu vida. La solución que visualizo es la que te voy a compartir en este momento.

Nohemí sin pestañear, atenta a todo el relato de su amiga del plan que Ivonne y ella estaban fraguando para rescatar a sus hijas del camino equivocado según ellas; en principio se enojó consigo misma por su ofrecimiento espontáneo e inusual en ella. Poco a poco comprendió lo grave del asunto entre madres e hijas y, el aporte de ella según Eva, podría cambiar la reciente e imprevista orientación sexual de las adolescentes en manos de un terapeuta especializado.

Finalmente, convencida de los argumentos detallados de su entrañable amiga terminó por aceptar el compromiso de estar en la intimidad con Gus, tan pronto Eva llenara el contrato requerido para tal fin.

Gracias, gracias amiga mía, sabía que no me ibas a fallar y con lágrimas en los ojos Eva fue a su lado para abrazarla, de paso le susurró al oído esta frase: Te informo que no te vas arrepentir de esta decisión, porque esto cambiará tu vida en el futuro. Ya veremos si esto funciona amiga, le dio Nohemí como respuesta.

A la mañana siguiente, Eva recibió una llamada de Ivonne en el momento preciso que entraba a su auto para llevar a su hija a la escuela y, Gus como de costumbre pasaba a un lado de la acera trotando, lo miró con ojos soñadores lanzándole un beso al aire; este le contestó con un saludo a la mujer que aún estaba fuera y a la otra mujer adolescente dentro del automóvil.

Pasados unos segundos, Eva recobró su estado emocional contestando la llamada pendiente en el teléfono; si Ivonne soy yo disculpa que no te haya contestado enseguida es que estaba abriendo la puerta del auto.

¡Ah! si no te preocupes, te entiendo contestó Ivonne. Te comento que ya obtuve la cita con Gus para que tenga el encuentro íntimo con mi hija Astrid, este será el próximo viernes a las 9:00 am porque ella no irá a la escuela como supongo estarás enterada que es día de actividades de los profesores con la administración de la escuela.

Si, si estoy informada de ello, le respondió Eva con cierta preocupación por tener a su hija en el puesto contiguo del conductor; hagamos lo siguiente, continuó Eva, déjame dejar a mi hija en la escuela y cuando llegue a mi trabajo te llamo desde allá para hacerte algunas preguntas sobre el caso, terminando su participación en el diálogo.

Está bien querida, para buen entendedor pocas palabras espero tu llamada.

¿Madre de qué caso hablabas con Ivonne la madre de Astrid? Le inquirió Vivian.

No es nada que me preocupe hija, es que uno de los estilistas que tengo en el Salón está con deseos de comprar una propiedad y sabes que Ivonne es la especialista en Bienes y

Raíces, ese es el asunto que nos concierne, respondió Eva mintiéndole a su hija. ¿Por qué? Le preguntó la madre a la hija.

No sé madre, es la verdad, no entiendo porque te pregunté eso, le contestó Vivian.

Una vez que Eva dejó a Vivian en la escuela, marchó a toda velocidad hacia su trabajo, al llegar saludó a todo el personal que igualmente le contestó la deferencia, se ubicó en su oficina para llamar a Ivonne lo que hizo en segundos. Al otro lado, contestó la voz sensual e inconfundible de Ivonne diciéndole: Perdona querida que te haya llamado en el momento que llevabas a tu hija a la escuela, disculpándose del mal momento que le pudo ocasionar.

No te preocupes amiga, no pasó a mayores porque tuve que mentirle diciéndole que uno de los estilistas está interesado en comprar una propiedad y tú eres la experta, le expresó Vivian.

Genial la respuesta, le dijo Ivonne y prosiguió: Te llamé para decirte que para el próximo viernes Gus me confirmó el beneficio de las 8 horas para que tenga el encuentro íntimo con mi hija como te dije anteriormente.

¿Dónde va a ser el encuentro? La interrumpió Vivian.

En mi casa, por supuesto le confirmó Ivonne. Yo no quiero que la lleve a otro lugar distinto ya que es peligroso porque pueden ser sorprendidos en otro sitio y ella es aún menor de edad.

Es verdad amiga, hay que pensar en todo respondiéndole Eva; luego la interrogó respecto a la forma de manejar el preámbulo del encuentro ¿qué le piensas decir a tu hija para que Gus la haga suya en la cama, sin conocerlo aún?

Muy buena pregunta, en eso pensé también pero cuando conversé con Gus, me dijo que él se encargaba de esa parte mediante una inesperada invitación a la heladería que está cerca de mi oficina con anterioridad al encuentro y con el pretexto de estar interesado en rentarme una de mis casas en la playa. Además, he estado conversando con ella sobre la posibilidad de estar con un hombre en la intimidad para que tenga la experiencia real y pueda diferenciar entre lo que es ahora y una heterosexual como nosotras.

¿Qué te dijo cuándo le hablaste de esto último? La volvió a interrumpir Vivian.

En principio no estaba interesada pero, después de hablarle de otras mujeres que tuvieron la misma orientación de ella y vivieron la experiencia con un terapeuta sexual cambiaron al poco tiempo de parecer para convertirse en lo que son hoy en día, madres y profesionales al lado de un hombre que las apoya y protege.

Me gustó el argumento que utilizaste para que aceptara tu propuesta, le confirmó Eva.

Así es amiga, espero que todo salga bien al momento de la verdad, porque la ansiedad me está matando y no quiero pensar lo contrario, expresó Ivonne.

Bien amiga Ivonne, espero que todo salga bien para que me informes tan pronto veas algo que nos ayude a superar esta expectativa que nos tiene abrumadas, finalizando Eva la conversación que les preocupaba ya que no podían hacer ningún tipo de conjetura.

Luego se despidieron, quedando pendiente del paso siguiente que sería el decisivo para ambas.

El día miércoles previamente concertada la cita entre Ivonne y Gus para reunirse con su hija en la heladería después de recoger a esta en la escuela, una vez hecho esto madre e hija tomaron asiento para esperar al hombre que sería el interesado en rentar la casa en la playa quien es un terapeuta sexual; mientras lo esperaban solicitaron lo que deseaban consumir; en minutos se acercó a la mesa un hombre alto, atlético y bien parecido por las miradas femeninas alrededor de la mesa que se lo querían tragar, se presentó y dijo: ¡Hola! Mi nombre es Gus y tengo ganas de sentarme al lado de dos lindas mujeres que sobresalen por su exquisita belleza en este bello jardín adornado con muchas flores que refrescan la ansiedad masculina.

Llegó con un atuendo acorde a la ocasión, esto y las palabras emitidas por él sorprendieron a la joven madre y la bella adolescente.

¡Hola! Mucho gusto yo soy Ivonne y ella es mi hija Astrid de la que le hablé cuando me llamó para apartar en arriendo una de mis casas en la playa, cuando leí su aplicación esta me llamó la atención al ver su profesión y por eso estamos aquí. Ivonne observaba a Astrid mientras Gus tenía la palabra para ver si en ella se reflejaba un destello de interés femenino, mientras que ella se moría de ganas de abrazarlo, besarlo en fin de tantas cosas que le llegaban a la mente. Aquí departieron animadamente por espacio de 2 horas en los cuales Gus aportó brevemente la función de su trabajo y los cambios en las personas tratadas por él. Finalmente, se despidieron y todos salieron rumbo al auto que los llevaría a casa no sin antes tener presente la cita del día viernes a las 9:00 am.

Pasaron las horas y los días hasta que por fin llegó el viernes esperado, a las 8:55 am el timbre de la casa de Ivonne sonó invadiendo la estancia interna de un sonido agradable al oído; esta fue abierta por la despampanante Ivonne ataviada con una blusa que medio cubría su pecho de color rosa diseñada en V profunda que deleita los ojos de cualquier humano cerca de ella ya que exhibía la mitad de sus senos erguidos y preciosos de los que se ufanaba por nunca usar el tipo de ajustadores recomendado que según ella, hace perder la forma y dureza natural.

Detrás de ella se encontraba su hija Astrid aún medio dormida, quien estaba pendiente de la introducción protocolaria que su madre le había prometido cuando accedió a tener la relación íntima con su consentimiento.

En segundos, Gus se recuperó de la grata impresión que la figura de Ivonne le proporcionó a sus ojos, entrando a la amplia sala bellamente decorada detrás de ella; Ivonne rompiendo el hielo se dirigió a su hija en los términos siguientes: Hija aquí está el hombre del que te hablé y viste en la heladería en días pasados, para que converses e intimides con él para definir tus deseos de continuar o cambiar tu orientación sexual; como ya sabes Gus es un experto y un profesional en este tipo de situación compleja para mí que no puedo asimilar y mucho menos aconsejar.

Al terminar Ivonne de hablar, Gus se acercó a Astrid le tendió la mano para saludarla pero, ella no respondió el saludo como lo esperaba; sin embargo, con una sonrisa en sus labios pronunció la frase siguiente: Es un placer para mí volver a ver a esta flor tan hermosa procedente de este precioso jardín. Astrid se lo quedó mirando de arriba abajo, exclamando ¡ah! eres tú, ya me lo imaginaba y gracias por el cumplido. Madre me voy a tomar un baño y bajaré en media hora, dio media vuelta y se alejó hacia su alcoba.

Ivonne y Gus se miraron estupefactos por la reacción de Astrid, cuando esta iba subiendo las escaleras contoneando sus caderas la madre la alcanzó sujetándola por un brazo y llevándola con rapidez hasta un lugar no visible para él donde la increpó diciéndole ¿qué modales son esos hija, acaso no te he enseñado como tratar a la gente? Astrid giró sobre si misma enfrentándose a su madre y le dijo: Madre aún estoy medio dormida, necesito un baño para reponerme un poco y dije que bajaré en unos 30 minutos para conversar con ese hombre. Fue su respuesta tajante. Está bien, pero cuando bajes no estaré presente para que no te sientas incómoda con mi presencia; hablaré con él unos minutos antes de irme para la oficina. Muy bien madre ahora quiero hacer mis necesidades fisiológicas antes de bañarme, se acercó a su madre dándole un beso en la mejilla de despedida, abrió la puerta del baño desapareciendo detrás de ella; Ivonne se quedó allí unos segundos hasta que escuchó el sonido fuerte de un chorro de orín expulsado por su hija penetrando en el bacín.

Ivonne regresó tras sus pasos yendo al encuentro de Gus, querido lo siento mucho en nombre de mi hija te pido disculpas por su comportamiento, le dijo implorante mirándolo a sus ojos.

El como siempre sonriente le contestó: No te preocupes querida, lo entiendo perfectamente, ponte en su lugar y veras que no es nada fácil para ella tener una cita de esta naturaleza con alguien que apenas conoció hace un par de días.

Es cierto querido y gracias por tu comprensión, mascullando entre dientes pero, déjame alegrar tu estancia en mi casa antes de marcharme y dejarte a solas con mi hija ¿me permites hacerlo? Le interrogó Ivonne. No sé a qué te refieres, contestó Gus. Ella lo agarró por un brazo y llevarlo hasta una pequeña oficina ubicada a un lado de la sala principal, cuando entraron Ivonne cruzó sus brazos por el cuello de él y le dijo: Tengo un deseo ardiente de besarte y me beses para ir a mi trabajo con tu aroma y sabor en mi boca. De inmediato Ivonne acercó sus labios a los de Gus quien no pudo resistir la tentación cuando sintió el aliento agradable de su boca y el exquisito e inconfundible aroma del perfume fino procedente de su cuello fundiendo sus bocas y luego sus lenguas entrelazadas acrecentando la pasión que Ivonne no podía contener, después de varios minutos separaron jadeantes sus bocas; entonces ella le ofreció sus senos preciosos para que los acariciara y chupara, este no lo pensó dos veces porque al instante empezó a chuparlos y mordisquearlos por los lados exteriores de cada uno para no dejarle huella sobre ellos. Al poco rato, repentinamente Gus dejó de mamarlos diciéndole al oído: Querida recuerda que tu hija se fue a bañar y bajaría en media hora y nos podría sorprender.

Ivonne se encontraba en un estado emocional de pasión que había perdido la noción del tiempo y por supuesto su permanencia en casa olvidándose del motivo de la presencia de Gus en ella. Tienes razón querido, arregló su blusa escotada lo mejor que pudo, le dio otro beso con menos intensidad que el anterior de despedida, saliendo del lugar que fue testigo mudo de la pasión desbordada que ambos compartieron.

Cuando Ivonne salió de la casa y cerró la puerta tras ella, Gus se sentó sobre una confortable y elegante butaca; levantó sus ojos al oír un suave silbido procedente de la planta alta de la casa, allí estaba ella envuelta en una toalla que le cubría desde el pecho hasta la parte superior del monte púbico completamente rasurado ¡que espectáculo tan hermoso! Se dijo así mismo.

Astrid, con una sonrisa que la hacía parecer más bella de lo que es, con el índice derecho señaló que subiera a su encuentro; como un resorte Gus se levantó, en segundos estuvo al lado de ella a quien preguntó cuándo se le acercó ¿qué te pareció mi actuación amor? Él la rodeó con sus brazos por la cintura y le contestó: Excelente mi amor, todo está saliendo como tú, Vivian y yo lo habíamos planeado. Cuando terminó la frase la atrajo hacia su cuerpo dándole un beso que ella ansiosa esperaba, un beso apasionado, ardiente y lujurioso; la toalla que poco cubría su cuerpo cayó al suelo quedando completamente desnuda, Gus la levantó en sus brazos llevándola a la cama de su dormitorio; la colocó con suavidad y ternura sobre la misma para seguirla besando y saborear el olor agradable que emanaba de su cuerpo escultural. De la boca bajó hacia el pecho donde sus hermosos senos aún mostraban vírgenes sus pezones, en esta área Gus empezó con caricias suaves que luego se convirtieron en deseos de tragarse cada uno de ellos porque Astrid estaba tan gozosa que empujaba la cabeza de él para incrústaselo totalmente en la boca. Hubo un momento que Gus se quedó sin aire para respirar, por tratar de complacerla metiendo en su boca lo más que pudo un seno; posteriormente fue bajando besándole el vientre y el ombligo.

Después de varios minutos acariciándole el área anterior, continúo su recorrido hasta llegar a la pelvis donde saboreó con placer y gusto el olor y líquidos que surgían de su vagina; sus labios y clítoris se mostraban tan húmedos que Gus surcaba su lengua por todos lados que hacía gemir de loca pasión a la hermosa adolescente que lo acompañaba en su degustación con rápidos y voluptuosos movimientos obscenos por tiempo indeterminado. Siguió bajando acariciando sus muslos fuertes y bellos los que chupaba y lamía apasionadamente, igualmente lo hizo con sus piernas bien torneadas hasta llegar a sus pies chupando todos sus dedos. Todas estas caricias preliminares tenían en éxtasis a Astrid porque nunca se imaginó que su cuerpo sintiera tanto calor y deseo carnal como el que estaba viviendo y disfrutando.

Poco después Gus le volteó su cuerpo poniéndola boca abajo, en esta posición ella parecía una diosa griega por sus formas físicas y belleza, él comenzó a besarle y chuparle desde sus piernas preciosas y glúteos donde se detuvo un momento, sacó de su maletín unas toallas higiénicas y antibacterianas para limpiar profundamente el ano, recto y sus alrededores; sabes que hago esto para evitar alguna infección y disipar el olor de moñinga que, aunque lo laves bien con el jabón que sea, siempre aparece le comentó Gus a Astrid. Si querido, ya lo sé y por eso te dejo que lo hagas porque es bueno para los dos, respondió ella. Mientras Gus le limpiaba el área en mención, le estaba acariciando la espalda con suaves mordiscos y lengua por todos lados; una vez terminada la limpieza le levantó el trasero a la altura de su boca para iniciar las caricias con pequeños mordiscos en los glúteos cercano al ano, después con la lengua subía y bajaba para luego penetrarle la punta en el pequeño agujero con movimientos circulares. Gus le pidió que sujetara los glúteos con sus manos para mantenerlos separados y tener acceso libre al ano.

Astrid dócilmente aceptó la sugerencia, pensando "como le gustaba lo que él estaba haciendo con su cuerpo". Por largo tiempo, Gus le lamía una y otra vez el ano y todo lo que se le ocurría hacer en el momento, hasta el punto que Astrid no podía aguantar más el deseo erótico que le pidió la penetrara por la vagina primero y después por el resto de sus agujeros. Ante este deseo de la hermosa adolescente, él se colocó bocarriba para que ella se montara sobre su cuerpo y se introdujera la verga con sus propias manos; ella así lo entendió y lo hizo de tal manera que Gus no tuvo que hacer ningún esfuerzo para que la tranca se deslizara a lo más profundo de la vagina, gracias a la abundante lubricación existente; los movimientos acompasados y luego con velocidad originaron gemidos, sollozos, gritos y obscenidades que salían de la boca de Astrid ya presa del sexo erótico extremo reflejado en los sucesivos orgasmos. Gus por su parte, no podía perder el horizonte para no derramar su esperma en la vagina ansiosa del líquido para apagar el fuego interno; la disfrutaba a plenitud viéndola en ese estado de placer que solo se ve entre un hombre y una mujer. En ningún momento él estaba en desacuerdo con la orientación sexual de los humanos pero, pensaba que era necesario que cada hombre y mujer debiera tener antes de tomar una decisión, la experiencia con el género opuesto para evaluar el proceso natural de la sexualidad y después definir con certeza el camino a seguir para lograr el gozo y la felicidad de su cuerpo y mente.

Mientras Gus y Astrid estaban disfrutando del placer a sus anchas, sin que nadie los presionara en casa; Ivonne por otra parte instalada en su oficina cuando llegó notó que su interior estaba húmedo, se dirigió al baño personal, se lo quitó y empezó a lavarlo, luego cuando lo exprimió lo secó con el secador de pelo hasta quedar totalmente en condiciones de volverlo a usar. Al salir del baño y acomodada en el sillón de su escritorio, pensó que los besos y caricias que ella y Gus se dieron en su casa la llevaron a un estado tal que su apetito sexual despertó siendo la causa de mojarse en su vagina. Afortunadamente, Gus pudo contenerse porque por parte de ella ya estaba dispuesta sexualmente a todo lo que él le pidiera, es que –pensó– con solo su presencia y cercanía la emocionaba y como una llave le abría la puerta del deseo erótico. Esta reflexión la hizo reaccionar para volver a la realidad, por el teléfono interno llamó a su secretaria, para que le dijera algo sobre el estado de ánimo de su mejor agente en Bienes y Raíces, ya que al entrar y saludar al personal la vio de espaldas sentada frente a su computadora apagada; la secretaria le informó que ella estaba muy afligida y permanecía con lágrimas en sus ojos desde que su novio tuvo que viajar al exterior. Ivonne le dijo que le avisara para conversar con ella en privado.

Pasados unos minutos, entró Raquel que era su nombre al despacho de su jefa y saber la razón de su llamado; sentada frente a su líder en el negocio que ambas hacían con pasión por muchos años, la amistad entre ellas se había consolidado con el correr de los años desde que el difunto esposo de Ivonne lo empezó y manejaba a su antojo, que originó diferencias entre él y Raquel por algunos procedimientos en la compra y venta de inmuebles.

Cuando Ivonne tomó las riendas del negocio, las cosas y la relación personal mejoraron en un alto porcentaje que satisfizo a ambas partes; por tanto, Ivonne se sentía con el deber de ayudar a su amiga y agente de este laberinto sentimental.

Como siempre lo hacía, Ivonne rompía el hielo en cualquier conversación que se originara; la miró directamente a sus ojos aún húmedos por los sollozos y preguntó ¿querida colega y amiga quiero saber el motivo de tu cambio personal desde hace unos días atrás? Silencio absoluto por parte de Raquel. Insisto querida, dijo Ivonne volviéndose a dirigir a Raquel en estos términos: Tú eres una mujer joven y hermosa que resaltas tus atributos físicos con la inteligencia que te destaca entre todas la mujeres que conozco, bajo cualquier circunstancia has salido airosa y eso es un don natural que posees; me sorprende que hace una semana y media estás abatida y muy desconocida para mí, ya que no veo en ti la mujer alegre y decidida a tragarse medio mundo al momento de salir de la oficina. Cuéntame con sinceridad ¿Cuál es el motivo que te angustia?

Raquel con sollozos interrumpidos, se secó los ojos con un papel facial que Ivonne entregó en sus manos, carraspeó su garganta por segundos y contestó: Tú sabes que mi novio fue enviado al exterior por 2 años para especializarse en una actividad que la empresa necesita, la semana pasada me llamó al día siguiente que llegó, después me volvió a llamar muy breve a los 2 días y esta semana no lo ha hecho aún y hoy ya es viernes, esto me tiene muy angustiada y creo que la lejanía y separación lo llevará a olvidarse de mí; lo que más me perturba es que hace 15 días teníamos planes de consolidar nuestra relación de convivencia por más de 2 años.

¿Pensaban casarse? La interrumpió Ivonne. Sí, creo que sí pero él estaba esperando una fecha especial para anunciarla entre nuestras familias.

Mi querida Raquel tomando la vocería nuevamente Ivonne, hay un refrán que dice:" No hay mal que por bien no venga" esto quiere decir que hay que tener una visión optimista de la realidad, indica que de una contrariedad como es tu caso, se puede extraer algo bueno para tener resultados favorables; esta es una nueva oportunidad para rehacer tus sentimientos y emociones que nosotras las mujeres en ocasiones mostramos debilidad.

Te doy un ejemplo, observa mi caso que es ampliamente conocido por ti y puede ser un espejo tuyo, quedé viuda después de estar casada por 17 años y aquí me tienes, viviendo a mi antojo, aprovechando cada minuto de mi vida lo que me ha ayudado a superar el infausto hecho que partió mi vida en dos.

Es cierto Ivonne, interrumpiendo Raquel, por eso te admiro y no solo en lo profesional sino en tu entereza y superación también pero, es que…… ¿pero es qué? Raquel, dime la verdad para poderte ayudar la increpó Ivonne. Tartamudeando un poco, Raquel le confesó que ella y él se hacían el amor dos veces por día, por la mañana y por la noche actividad que añora porque él la educó así y muchas veces ella tomaba la iniciativa porque se había convertido en una viciosa del sexo, concluyendo su exposición.

¡Ah! ese es el problema fundamental amiga mía. Yo te tengo la solución y rápida pero dejemos pasar unos días más para hacer el contacto necesario, te lo prometo y me lo vas agradecer más tarde, le respondió Ivonne con una amplia sonrisa en su boca que iluminaba sus ojos azules.

Por favor Ivonne ¿dime ahora en que consiste esa solución a mi problema? Imploró Raquel.

Está bien querida amiga, te haré un adelanto de la cura a tu enfermedad pero presta toda la atención posible; hay un hombre de nombre Gus que es muy conocido por chicas cómo tú que tienen honda pena en sus sentimientos y……. Ivonne le contó toda la historia que ella conocía del hombre que le estaba recomendando.

Raquel no estaba muy segura de tomar este paso como medio para superar su actual crisis y sobre todo con alguien que no conoce. Es que, no conozco a ese hombre ¿no sé quién es él? Subrayó Raquel su pregunta. Ivonne decidida y confiada que Gus la ayudaría en este caso de vital importancia para su amiga y mejor agente de su oficina, prometió a Raquel presentárselo para que ella misma tomara la decisión de ir o no al encuentro de la intimidad por 48 horas.

A Raquel le pareció que así estaba mejor, entonces quedaron que le avisara donde sería la cita preliminar de reconocimiento mutuo. Las dos estuvieron de común acuerdo y cada una volvió a su actividad cotidiana dentro de la oficina.

Después del abrazo y beso en la mejilla, Ivonne se dio cuenta que el semblante de Raquel tuvo un cambio radical cuando le habló de Gus; sus ojos volvieron a brillar de nuevo cuando le tocó el tema del erotismo que él desarrolla en la cama, pensó que esta mujer estaba deshecha en lo más íntimo de su ser por falta del sexo al que la habían acostumbrado.

Simultáneamente llegó a su mente ¿qué estará pasando entre mi hija y Gus? Se preguntó en su mente ¿logrará él cambiar el rumbo de la orientación sexual de ella? Volvió a preguntarse así misma. En fin muy pronto lo sabré, miró su reloj pulsera que señalaba la 1:30 pm haciéndose el comentario siguiente: Caramba cómo pasa el tiempo sin uno darse cuenta.

Efectivamente como dice el refrán "mientras unos sufren otros están gozando", estas últimas palabras era lo que estaban viviendo Astrid y Gus en la alcoba privada de ella. Gus miró la hora que marcaba el reloj sobre la pared frente a la cama, este tenía la 1:35 pm luego volteó la vista a su lado izquierdo donde se encontraba la hermosa adolescente, ella sonriente estaba con sus dedos acariciando el rostro de él. Luego ella se incorporó subiendo la parte superior de su bello cuerpo encima del tórax de Gus, con besos sutiles en la cara y boca sentía que su cuerpo ardía por dentro; en minutos anteriores habían tenido sexo oral que los había dejado satisfechos y con nuevas ganas por lo que se venía gestando en la mente de Astrid. Hasta este momento ella y él disfrutaron dos veces el sexo vaginal, cuidándose Gus de no derramarse en lo profundo de la vagina de Astrid para

evitar un embarazo no deseado, ya que a Gus no le agradaba hacer sexo con preservativos; por el contrario, él deposi-
taba su semen en la boca de ella que la abría con gusto para
recibir el líquido viscoso y blanquecino que es un excelente
antidepresivo para las mujeres a más de su función principal como la de reproductor.

En estos momentos, Astrid tenía deseos de tener sexo
anal ya que él se lo venía acariciando de horas antes con los
dedos y lengua, en otras palabras, ya estaba preparada para
recibir la verga de su compañero de alcoba; en consecuencia, bajó su cuerpo acomodando su trasero frente a la cara
de Gus para que este se lo lubricara y ella chuparle la verga
hasta ponérsela erecta. En pocos minutos logró el objetivo,
acto seguido después de lubricado el ano ella se colocó boca
abajo apoyándose en sus rodillas y levantando el trasero a
la altura que él le indicó. Gus abrió con suavidad las nalgas
a lado y lado dejando al descubierto el minúsculo agujero
de color rosa sin estría aún en su alrededor, con destreza él
le colocó el glande para disfrutarlo desde afuera con movimientos de arriba abajo y circulares; minutos después poco
a poco fue penetrándola y cuando ella sintió el empuje
inicial profirió el sonido de ¡Oh! sorpresivo para dilatar su
recto tal como él le había enseñado la primera vez que lo
hicieron alrededor de la piscina de su casa.

En la medida que Gus le empujaba la tranca lentamente
para no hacerle daño alguno, esta le penetró suavemente en
su totalidad sin dolor alguno aceptando la visita del intruso
de carne y flujo sanguíneo en lo más profundo de su recto.
Ambos quedaron quietos por unos segundos para lograr el
acomodo necesario para lo que se venía, posteriormente
Gus inclinó a Astrid al cuerpo de él y ella como discípula
obediente hizo lo que le correspondía, o sea, colocar piernas

y muslos bien abiertos para que él le metiera la réplica de su verga en la vagina, alternando los brazos alrededor del cuello de Gus para que le chupara, mamara y mordisqueara sus senos.

Poco después los movimientos lentos que Gus le imprimió se fueron acelerando cada vez más en virtud del deseo erótico que se había apoderado del cuerpo y mente de Astrid, se sentía tan excitada que los gemidos, sollozos y gritos de placer surgieron en la medida que los orgasmos le llegaban en cadena; Gus por su parte, había momentos que dejaba de mamarle el seno para oír su reacción cuando le hablaba al oído: me fascina tu ano, todo tu cuerpo es maravilloso y toda tu entrega a mis caricias. Ella con voz agitada le contestaba: Gus eres increíble para hacerme el sexo, me agrada tanto que no quiero que se termine el día. Estas palabras los impulsaban a dar todo lo que tenían reservado en su intimidad emocional reflejado en la secuencia de orgasmos consecutivos que hacían llorar de felicidad y gozo a Astrid, llegado este punto él se concentraba más para luego descargar su esperma en el fondo del agujero rectal quedando ambos cansados y satisfechos de la faena erótica consumada; luego Gus la abrazó tan fuerte como si alguien se la quisiera robar para demostrarle el placer y el deseo que sentía por ella. Acurrucada sobre el torso de Gus a causa del fuerte abrazo y, a falta de aire, le pidió que la aflojara para respirar un poco mejor y disfrutar el placer de tener dos miembros metidos en sus agujeros inferiores.

Pasados unos minutos, Astrid abrió sus piernas y muslos para que Gus le extrajera la réplica de la verga en su vagina que le ocasionó innumerables sensaciones de gozo y placer erótico; más tarde sintió en su ano la lenta contracción del miembro que fue saliendo de la oscuridad de su agujero inerte y flácido. Finalmente volteó su cuerpo mirando hacia el techo, luego miró a Gus con ojos de dulzura y agradeciéndole los momentos de lujuria y placer vividos. Ella le dijo estas palabras:" Amor me gustaría que fueras mi novio oficial para disfrutar más tiempo contigo". Sus ojos entre cerrados ya no podían resistir más tiempo para entregarse a un profundo sueño en compensación del esfuerzo realizado, sin obtener respuesta a su petición.

Gus se levantó de la cama sin hacer ruido, observó detenidamente la parte frontal del cuerpo desnudo de Astrid, se dijo así mismo: Que hermosa es la condenada desde la cabeza hasta los pies. Sus ojos de detuvieron por un instante mirando el largo, ancho y robusto triángulo libre de vellos que mostraba sus labios hinchados, lujuriosos y apetitosos de la vagina; en un momento le provocó lamérselos y chupárselos para satisfacer su pecaminoso pensamiento pero, observó el reloj y faltaban 20 minutos para las 5:00 pm hora que terminaba el beneficio de acuerdo al contrato del MLM del placer firmado entre Ivonne y él. Entró sigilosamente al baño para asear sus genitales y limpiar el juguete erótico que siempre mantenía en su maletín.

En esos momentos entró Ivonne a su casa procedente de la oficina, dejó sus zapatos de buena calidad y elegante diseño al pie de la escalera; subió la escalera pasando de largo su alcoba para llegar a la puerta abierta del dormitorio de su hija Astrid, allí la vio acostada desnuda en la cama y vio a Gus entrar al baño; apresuradamente regresó a su cuarto, agarró la pijama transparente luego entró a su baño despojándose de sus ropas, aseo su boca y partes íntimas colocándose la pijama, regresó al cuarto de su hija; observó a Gus colocarle una sábana para cubrir su cuerpo, luego se inclinó para darle un beso sobre sus labios a manera de despedida.

Ivonne observó este detalle de ternura que la conmovió, luego se ubicó un poco más atrás de la puerta para no ser vista; al salir Gus y cerrar la puerta con suavidad, sintió una mano que agarró su muñeca, luego un ligero jalón quedando frente al cuerpo estirado de Ivonne a falta de los zapatos, esta le dijo: Querido son las 4:45 pm ¿puedes dedicarme estos 15 minutos restantes del beneficio que me corresponde? Mientras Ivonne hablaba en tono suplicante, él se la quedó mirando a sus hermosos ojos azules, sus fosas nasales olieron el agradable aroma de su aliento y ella sin poder resistir más su cercanía, se abrazó a él en forma implorante lo que motivó a Gus decirle que sí porque es hombre que cumple su palabra y el beneficio es hasta el final. Ivonne al escuchar estas palabras, buscó con sus labios la boca de él que fue correspondida con un beso profundo, sensual y lleno de emociones encontradas hasta quedar sin aire para respirar.

Gus sintió que su pantaloneta deportiva fue bajada por los dedos agiles de Ivonne y una de sus manos acariciaba sus genitales, lentamente se lo fue llevando a su recamara cerrándola tras de sí yendo a caer sobre su cama sin desprenderse del beso lujurioso; posteriormente Ivonne le ofreció su pecho para que le chupara, mamara y mordisqueara sus senos como a ella le gusta, ya que este es uno de los puntos más erótico de su cuerpo. Poco después se colocaron en la posición del 69 para acariciar con los labios y lengua a cada uno de sus genitales, ella gemía al compás del movimiento de su cadera cada vez que le llegaban los orgasmos sucesivos; Ivonne no podía resistir más, se levantó colocándose encima de él agarrándole de paso la verga de él que se introdujo sin dificultad sobreviniéndole en pocos minutos numerosos orgasmos junto al llanto de placer y erotismo que le producía; lo levantó a su altura y quedar frente a

frente para que él le chupara los senos y volverse loca de
pasión. Más y más orgasmos le llegaban uno tras de otro ,
sintiéndose satisfecha le pidió a Gus que le metiera la tranca en su ano, tan pronto ella pudo cambió de posición colocando el trasero levantado y apoyándose con las rodillas
y manos extendidas sobre la cama; Gus le limpió el área
con sus toallas higiénicas, le empezó acariciar el ano con la
lengua después se lo lubricó, en segundos le puso el glande
en el diminuto agujero ya ansioso de recibir al esperado visitante. Con poca presión el esfínter cedió fácilmente luego
Ivonne al sentir este movimiento acompañó exclamando
¡Oh! sorpresivo que él le había dicho antes para que su recto se dilatara lo suficiente para no tener molestia ni daño
interno, presa del erotismo que invadía su cuerpo deseaba
que él la complaciera introduciéndole el juguete o réplica
que mantenía en su maletín. Gus sin demora lo sacó del estuche e introdujo en la vagina que estaba suficientemente
lubricada hasta el fondo, ella se sentía complacida porque
sus dos agujeros inferiores simultáneamente estaban gozando del placer que su mente disfrutaba en su momento. El
hermoso cuerpo de Ivonne oscilaba sobre el eje que él le
tenía dentro del ano, con movimientos tan rápidos parecía
una yegua desbocada, se balanceaba de un lado para otro sin
tener un horizonte definido; todo esto venía acompañado
de gemidos, sollozos y lágrimas de un placer indefinido que
solo este hombre se lo producía con la consabida sucesión
de orgasmos continuados que la dejaban rendida mientras
su agujero anal recibía las ráfagas del semen que su hombre
le estaba impregnando. Minutos después, Ivonne le susurró
al oído lo siguiente: Mi amor te tengo otra candidata para
las 48 horas de sexo y placer y así tener el derecho a obtener
mis 8 horas de beneficio pero, ella quiere conocerte antes

de la cita. Gus con la naturalidad que lo caracteriza, le dijo: Querida tú conoces el procedimiento para solicitar y aprobar la cita, en lo referente al reconocimiento personal te lo informaré oportunamente. Ahora en lo que respecta al beneficio de las 8 horas tendrás que hablar con tu hija, porque ella quiere volver estar a mi lado en su cama.

Está bien querido de eso hablaremos después, le contestó Ivonne ya relajada y de buen humor se acomodó a sus anchas en la confortable y amplia cama; mi amor antes de irte me harías el favor de limpiar mi sexo, colocarme la pijama y cubrirme con una sábana.

Con gusto cariño, sacó del maletín las toallas sanitarias con las que limpió el precioso triángulo que forma el Monte de Venus y sus alrededores; luego recogió la pijama del suelo poniéndosela de nuevo, por último fue al guardarropas de donde extrajo la sábana que puso encima de este cuerpo tan sensual y apetitoso de saborear y por ende disfrutar. Durante el proceso de limpieza ella cerró sus ojos y cuando Gus terminó de colocarle el atuendo para cubrir su cuerpo, se fue al baño donde se aseo pulcramente y después se alejó silenciosamente de la casa donde disfrutó a la madre e hija el mismo día. Al momento de salir colocó el seguro de la casa, se encaminó a su auto parqueado a prudente distancia de la residencia de la que se alejó a gran velocidad.

Al llegar a su casa, se sentó frente a su computadora observando que había una petición que requería urgentemente su aprobación; el nombre de la solicitante era Nohemí y su número del seguro social. Cuando terminó de leer la aplicación debidamente llenada, la dirección y hora requerida, al final la cifra consignada y el nombre del referente: Eva.Por último, vio el horario requerido: Sábado desde las 9:00 am hasta el Lunes 9:00 am, observó su reloj de pulsera que marcaba las 7:00 pm del viernes y se dijo así mismo: Tiempo suficiente para comer algo, descansar para recobrar energías, preparar el equipo necesario del maletín y dormir plácidamente, luego hizo click aceptando la petición.

CAPITULO 5

En otro lugar de la ciudad Eva, Nohemí y la hija de esta de nombre Ceci, se encontraban juntas en una heladería tomando una bebida refrescante y conversando sobre el asunto que las hizo reunir "Gus" el hombre encargado de recuperar a Astrid y Vivian por el camino normal según las tradiciones familiares que no permiten el desvío del papel de la mujer y del hombre en este mundo, como es, ser heterosexuales y nada más.

Nohemí estaba un tanto nerviosa por la situación que le esperaba pero, por otra parte, estaba muy feliz de ayudar esta familia que tanto la habían ayudado cuando más lo necesitaba.

Sumida en sus pensamientos, oyó la voz de Eva que le decía: Amiga ya todo está listo, Gus me envió la respuesta a tu petición, mostrándole con disimulo el mensaje en su celular inteligente. El mañana llegará a las 9:00 am a tu apartamento como estaba previsto; en consecuencia, me llevo a tu hija a mi casa esta misma noche para que puedas ordenar y organizar tú domicilio en la mejor forma de presentación, te recuerdo que Gus es puntual en la cita.

Me parece buena idea que te lleves a la niña, me imagino lo contenta que se pondrá Vivian al ver nuevamente a su ahijada.

Seguro que se pondrá muy feliz ya que la quiere mucho, aseveró Eva con una sonrisa que hizo resaltar la belleza de su rostro. Después de cancelar lo consumido, partieron inmediatamente en el auto de Eva para llevar a Nohemí a su vivienda ubicada a corta distancia del sitio en que se encontraban, hecho esto, Ceci la hija de Nohemí estaba feliz porque ya sabía que iba a casa de su madrina junto a Eva. Cuando arribaron a la propiedad entrando al garaje de la misma, la niña Ceci se bajó rápidamente cuando el carro se parqueó debidamente y Eva le ordenó hacerlo con seguridad; Vivian las estaba esperando en la puerta que comunica el garaje con la cocina. Ceci se fue corriendo a abrazar a su madrina quien la estaba esperando con los brazos abiertos, esta al tener en sus brazos a la niña de 6 años, piel negra, cabello lacio y ojos marrones claros, una mezcla que la hacía diferente a su raza paterna.

Mientras esto ocurría en casa de Eva, en la residencia de Ivonne la situación era diferente en lo que respecta al caso de Astrid y Gus debido a que madre e hija se acostaron a temprana hora de la tarde a causa del gozo pleno sexual en su relación erótica con el mismo hombre pero, en horario diferente. Astrid fue la primera en levantarse a raíz del hambre que sacudía su vientre, bajó a la cocina a prepararse algo para alimentarse; el ruido que produjo hizo despertar a su madre quien llegó apresurada a la cocina presumiendo que algo extraño estaba sucediendo en la planta baja, al ver a su hija allí dio un suspiro de alivio. Madre e hija se saludaron, una y otra se preguntaron entre sí el motivo que las hizo bajar a la cocina luego empezaron un dialogo que Ivonne, como es apenas natural quería averiguar lo que había pasado entre ella y Gus durante el tiempo que permanecieron a solas en su alcoba.

Ivonne: Hija quiero que me digas con toda franqueza lo que te voy a preguntar ¿Cómo te fue en la experiencia sexual con Gus y qué diferencia notaste al hacerlo con un hombre comparándolo con alguien de tu mismo género?

Astrid: Madre con sinceridad te digo que Gus es un hombre excepcional, sabe tratar a la mujer, él me trasportó mental y físicamente a un lugar desconocido donde perdí la brújula para volver al sitio donde me encontraba antes, no sabía si estaba aquí o no sé dónde pero si te digo que la sensación fue tan agradable que me hacía sollozar de placer; madre te juro que nada de esto lo había experimentado ni en el pensamiento. Además, el miembro de él es tan grande y grueso que por un momento tuve miedo pero Gus me dio la confianza necesaria para introducírmela en todos mis agujeros que me dio placer y gozo en todo mi cuerpo.

En cuanto a comparar esto con lo que he vivido con Vivian, es totalmente diferente, la relación con ella es algo sublime y delicado, es decir, no tenemos prisa para llegar al orgasmo mientras que las caricias, los movimientos impulsivos e inesperados y las palabras eróticas que Gus dice es un sello personal que imprime en la intimidad que a mí me daba el deseo constante de tener orgasmos seguidos hasta el cansancio.

Ivonne: Por lo que me dices ¿consideras que los encuentros sexuales con hombres son mejores que hacerlo con otra mujer?

Astrid: Madre, no me atrevo a decir aún que uno es mejor que el otro; cada uno tiene su punto de vista de aceptar el placer sexual como le conviene, o sea, qué te inspira para hacerlo y lograr el camino de la satisfacción carnal y su relajamiento físico y mental. Ahora si me gustaría volver a compartir mi cama con Gus pero en compañía de Vivian para tener la claridad absoluta de mi apropiada orientación sexual.

Ivonne: ¡Vaya! ¡Vaya! Hija, ahora estoy más sorprendida que antes con esta excusa para saber con exactitud tu verdadera orientación sexual; por siglos la humanidad ha continuado porque los hombres y mujeres heterosexuales de todas las razas conocidas unen el esperma y el óvulo con el propósito que la raza humana no se extinga, que es nuestra misión principal sobre la tierra. Si logras visualizar la importancia de tener sexo con el hombre que se elige como pareja, es lo más natural para procrear.

Astrid: Discúlpame madre que no esté de acuerdo contigo en tu apreciación, tienes razón en lo que se decía antes en nuestra civilización que hoy cada día está cambiante; existen otras vías para que los humanos no desaparezcamos del planeta, por ejemplo, hay bancos de espermas y de óvulos que te proporcionan incluso el sexo de la criatura que una pareja de lesbianas quiera tener; en cuanto a los homosexuales, ellos tienen que recurrir al alquiler del vientre de la mujer para tener hijos. Así que madre, esto es historia y ahora con tu permiso madre, estoy cansada y quiero dormir pero, antes te recuerdo que quiero tener un nuevo encuentro sexual con Gus y en compañía de Vivian, por favor, que no se te olvide. Dicho esto se levantó con dirección hacía la escalera, al hacer el movimiento la madre observó una mancha en el trasero del pantalón de la pijama de Astrid haciéndole alusión a lo visto por ella; instintivamente Astrid metió la mano en su trasero, tocó el área del ano que se encontraba húmeda y luego la acercó a su nariz para comprobar que era; conocido el olor y resultado del examen le dijo a la madre: Gracias por la observación pero no te preocupes es semen de Gus que me roció el recto con su manguera y ahora voy a lavarme para no manchar la cama. Subió la escalera contoneando el hermoso culo que hace parte de su bello cuerpo hasta desaparecer de la mirada inquietante de su madre que aturdida y pensando se dijo así misma: "hija, después de esta experiencia sexual te convertirás en una excelente esposa o en una buena amante, lo que aprendiste hoy yo tuve que esperar 18 años para que mi cuerpo disfrutara mis fantasías escondidas".

Después de este pensamiento, recobró la realidad del momento que estaba viviendo y buscar la solución ante esta nueva situación que le planteó Astrid "tener sexo con Gus y Vivian al mismo tiempo para clarificar su orientación sexual". Es inaudito que esto me esté sucediendo a mí, aún no lo creo que mi propia hija me haya hecho esta petición. Atribulada y un tanto sonámbula, se acercó al bar vaciando vino tinto en una copa, se lo tomó en dos tragos yéndose rumbo al lecho que la esperaba.

El fin de semana transcurrió en forma normal para Ivonne, Eva y sus respectivas hijas quienes se dedicaron a los menesteres de la casa, es decir, hacer la limpieza a la misma; sin embargo, para Nohemí era algo diferente ya que estaba disfrutando las 48 horas de sexo con Gus y Eva estaba ansiosa por saber si este se había realizado ya que de ello dependía el beneficio de las 8 horas que sería disfrutado por su hija Vivian para apoyarla en la decisión que debía escoger una vez tuviera la experiencia de hacer sexo con un hombre y volviera a ser la mujer de antes, o sea, olvidarse del lesbianismo con Astrid que es lo que más desea. De todas maneras, hasta el lunes es que se enteraría, porque en el contrato hay un párrafo de "no interrupción" cuando este se desarrolla y las partes tienen que darle cumplimiento.

El lunes por la mañana, Eva recibió la llamada de Nohemí para confirmarle que el encuentro se había realizado y llegaría al filo de las 10:00 am al trabajo, ya que a partir de esa hora llegaría el primer cliente programado en su agenda. Eva miró la hora en el tablero de su auto que indicaba las 9:00 am y pensó "seguro que Gus se acaba de marchar y ahora necesita tiempo para estar en condiciones de cumplir con su deber laboral". Está bien amiga, tomate el tiempo necesario y cuando llegues pasa a mi oficina para charlar contigo antes que te ocupes en tu compromiso; a Eva le pareció escuchar el sonido de un beso mientras hablaba, lo que la obligó a cerrar la línea de comunicación sin despedirse de Nohemí.

A las 9:30 am Eva llegó y abrió su negocio, el que casi nunca cierra los fines de semana pero en esta oportunidad tuvo que hacerlo debido a que las autoridades dieron permiso a cerrar varias calles y avenidas de la ciudad para conmemorar una festividad local.

A las 9:55 am arribó Nohemí sonriente y con cara de felicidad como si se hubiera ganado algo que anhelaba en su vida, entró a la oficina de Eva y esta al verle el semblante la saludó con los buenos días obteniendo como respuesta un fuerte abrazo de Nohemí quien le exclamó al oído: ¡Oh amiga, gracias por recomendarme a Gus, él es un hombre maravilloso! Terminando la frase se apartó de Eva mirándola a sus ojos y continuó diciéndole: Amiga, no te imaginas lo feliz que me siento por la forma en que Gus me trató; me hizo sentir la mujer con deseo y anhelo físico mientras me hablaba, sentí el placer que disfruté hasta la saciedad en todo mi cuerpo y mente, recibí ese bálsamo que necesitaba para convertirme en la mujer que era antes del abuso a que fui sometida por unos hombres malvados. El me mostró la puerta y la luz que debo seguir para encontrarme a mí misma, en otras palabras, me recuperó la autoestima que había perdido.

Eva la escuchaba con asombro, oír a Nohemí con todas estas expresiones y adjetivos que ponen a Gus como un restaurador de almas extraviadas del sexo, era inverosímil. Ella que detestaba a todos los hombres hasta el punto que, en su trabajo no cortaba cabellos a los hombres para no tener contacto con ellos de ninguna naturaleza; escucharla hablar así es un milagro de Gus.

¿Qué te hizo cambiar la opinión que tenías sobre los hombres? Preguntó Eva con curiosidad, interrumpiendo a Nohemí en su alocución.

Amiga, Gus es un Psicólogo sexual nato, con decirte que al abrirle la puerta de mi apartamento y ver frente a mí a un hombre vestido de tenista profesional con un pequeño maletín de color negro, me sorprendió cuando nos identificamos; él cogió mi mano dándole un beso al dorso y me dijo estas palabras: "Tengo frente a mí, esta mujer hermosa que ha sido abusada por seres sin escrúpulos y maltratada por otros en su joven vida pero, estoy aquí para orientarla y haré en lo posible que conozca los placeres que la vida le ha negado hasta ahora".

Su introducción me dio confianza, conversamos por espacio de 2 horas, yo nunca imaginé que él supiera tanto de mi vida pasada.

Claro que si amiga, la interrumpió Eva; recuerda que cuando llenamos la aplicación de solicitud para la cita se colocó todo lo que pedía incluyendo el número del seguro social, él podía entrar a los diferentes bancos informativos del país y tú sabes que todo lo relacionado a nosotros está escrito allí, concluyendo Eva su interpelación.

¡Oh! verdad que sí, exclamó Nohemí. El caso es que cuando me hablaba yo sentía que algo salía dentro de mí, esto me causó muchas lágrimas y él me alentaba que llorara lo que más pudiera y así lograr desprenderme de los fantasmas del pasado. Me decía tantas cosas bonitas que tiene la vida que yo las estaba desperdiciando con mi actitud negativa, en la medida que alentaba mi autoestima me lo decía tan cerca de mi cara que sus labios rozaban los míos; mi angustia poco a poco iba desapareciendo y cuando menos lo pensé, su boca se unió a la mía en un beso suave y apasionado que duró tanto tiempo que nos quedamos sin aire. Al separar ambos los labios y tomar aire de nuevo, fui yo quien buscó su boca para besarlos nuevamente, sentí sus manos acariciar mi cuerpo por todos lados, el calor producido en mi piel me hizo despojar la blusa que cubría mis senos, en segundos sentí el calor de su boca chupándomelos con suavidad que sacó de mi gemidos desde lo más profundo de mi ser; a medida que mi pasión iba en aumento él me dijo unas palabras que aún recuerdo: "La sexualidad femenina plena es grandiosa para la salud mental, emocional, física y espiritual, despójate de todo lo que te ata para que la disfrutes".

Así que mi amiga, me quité la poca ropa que cubría mi cuerpo y empecé a gozar de lo lindo que la vida me había negado por mi actitud hasta ese día.

¿Qué más sucedió? Le inquirió Eva ansiosa por saber todo lo que había hecho con Gus en la cita.

A lo que Nohemí respondió: Después de disfrutar sus besos, su boca chupándome los senos, mis muslos, la vagina, el clítoris, las piernas, pies, nalgas, el ano, la espalda en fin todo mi cuerpo que ardía de placer y cuando más lo deseaba me penetró con su verga a lo más profundo de mi vagina que me transportó a un lugar desconocido donde la dicha y el placer carnal era lo que me rodeaba. El sábado hicimos varias veces sexo oral y vaginal, comimos algo que Gus preparaba en los momentos que nos daba hambre y luego me sedujo en forma sutil y agradable acariciar mi ano hasta penetrarme su largo y grueso pene con delicadeza y suavidad que me agradó mucho más cuando me metió un juguete erótico en mi vagina y chupaba mis senos que no sé cuántos orgasmos me llegaron que me quedé dormida de cansancio y placer. Hicimos sexo en todas partes del apartamento, es decir, en la cama, en la cocina, en el balcón, en la sala; con el fin que todos estos lugares me recordaran día a día la felicidad sexual y erótica disfrutada, según sus palabras, todo esto me iba a ayudar en mi terapia de recuperación mental y emocional con respecto al sexo.

El domingo desperté con un aroma agradable de café que Gus preparó y me llevó a la cama con un suculento desayuno que no comí sino que lo devoré del hambre que tenía. Luego charlamos un poco sobre lo vivido por mí y la felicidad que me embargaba de hablar sobre el tema con él, quien se había convertido en mi ángel protector; posteriormente nos bañamos uno al otro para disfrutar nuestros cuerpos y nuevamente nos fundimos en largos y apasionados besos que era la apertura para satisfacer el deseo sexual. De aquí en adelante perdí todo sentido de mi misma dejándome hacer todo lo que él me pedía, la verdad me invadió un erotismo que yo desconocía ya que mi cuerpo y todo mi ser se sentía tan bien y a gusto con todos los juegos eróticos que él me sugería. Lo más sorprendente fue la forma de seducirme para hacer sexo anal por segunda vez, nunca me imaginé que esta práctica sexual fuera tan agradable y Gus logró que lo viera y sintiera de ese modo hasta el punto que le pedí hacerlo varias veces, con su réplica metida en lo más profundo de mi vagina y chupándome los senos que cosa tan extraordinaria amiga; en la mañana de hoy lo volvimos hacer quedando satisfecha en cuerpo y mente con deseos de seguir viviendo y deseos de amar a un hombre como Gus. Por todo esto amiga Eva, viviré agradecida por todo lo que has hecho por mí porque me siento tan feliz y liberada de todo el odio y rencor que sentía por los hombres, gracias a él y a ti que me lo recomendaste.

¡Ahora! A trabajar porque ya llegó mi primera cliente. ¡Ah! antes te confieso amiga, girando en su propio eje, que Gus me hizo énfasis que a la hora que encuentre mi media naranja, no le de todo lo que se sobre el sexo desde un principio sino que lo vaya haciendo poco a poco y en la medida que el hombre me lo pida; porque de esta manera ese hombre será mío para siempre si no le niego nada, ya que no tiene excusa para buscar en la calle lo que en casa no se le niega.

Sabias palabras de Gus confirmó Eva, tienen un mensaje que si lo analizas tienen sentido para justificar o no una relación de pareja.

Luego Eva se fue a su oficina privada, sentada y recostada sobre su sillón reclinable pensó en la hora adecuada para llamar a Gus para solicitarle el beneficio de las 8 horas para su hija Vivian.

Transcurridas varias horas después del dialogo que tuvo con Nohemí, llamó al número de Gus quien le contestó al instante diciéndole: Hola mi bella y adorada Eva, que gusto escuchar tu voz estoy convencido que me llamas por el beneficio de las 8 horas; sobre esto estoy disponible el día jueves ¿te parece bien de 9:00 am hasta las 5:00 pm?

Eva al otro lado del auricular, apenas podía emitir palabra después del saludo preliminar al oír la voz grave y sonora de su amado hombre; tomando una bocanada de aire para relajarse pudo contestarle: Está bien querido como tú digas, te esperaré en mi casa a la hora convenida junto a Vivian para el encuentro íntimo previamente arreglado entre mi hija, tú y yo.

Muy bien amor, entonces nos veremos el jueves no sin antes desearte que pases un excelente día, subrayó Gus terminando su participación.

Gracias querido, te deseo lo mismo finalizando Eva su intervención.

Los días pasaron normalmente sin apremio entre los involucrados de esta historia, cuando llegó el día jueves Eva se levantó e hizo los menesteres como de costumbre para irse al trabajo; notó que su hija Vivian aún no se había levantado motivo por el cual tuvo que llamarla yendo hasta su alcoba y decirle que pronto serían las 9:00 de la mañana hora en que Gus llegaría a la casa.

Disculpa madre, le respondió Vivian, me dormí tarde viendo un programa interesante en la TV y como no es costumbre mía hacerlo, por eso me quedé dormida hasta ahora, tomaré un baño y en pocos minutos estaré junto a ti a esperar ese hombre llamado Gus. La verdad era otra, en su mente estuvo toda la noche la imagen de Gus viéndose junto a él como la primera vez cuando le entregó su inocencia para convertirse en mujer deseada por otros para compartir su lecho.

Efectivamente en pocos minutos, las 2 mujeres llegaron a la cocina donde Eva tenía preparado café con aroma agradable; en esos momentos escucharon el timbre de la puerta ante el cual la madre e hija se sobresaltaron al mismo tiempo, sorprendidas en sus pensamientos miraron el reloj que pendía de una pared de la cocina, este marcaba las 8:58 am.

¡Dios mío! Seguro que es Gus exclamó Eva y no he llamado a tu escuela para informar que no podrás asistir hoy a clases. Vamos, abriré la puerta para saludarlo y luego llamaré a tu escuela. Juntas llegaron a la puerta principal que fue abierta por Eva, delante de ellas se encontraba el hombre de sus sueños vestido con ropa deportiva y su inseparable maletín negro; Eva al verlo su primer impulso fue abalanzarse sobre él pero, su raciocinio lo impidió porque Vivian estaba a su lado quien al verlo sus piernas empezaron a temblar de la emoción, cuando oyó la voz de su progenitora para que se acercara al momento que ella autorizaba la entrada de Gus. Este como siempre, con una sonrisa a flor de labios que cautivaba a las féminas les dio los buenos días y las gracias por permitirle la entrada, ellas a su vez contestaron con agrado el saludo de él quien le tendió la mano a Vivian para identificarse como si no supiera su nombre, ella hizo lo mismo pronunciando su nombre. Posteriormente, Eva le solicitó a su hija que fuera a regar el jardín al momento en que ella llamaría a la escuela y conversar con Gus unos minutos, Vivian asintió y pidiendo permiso fue a cumplir la petición de su madre.

Acto seguido, Eva empujó a Gus entrar en el pequeño gimnasio construido con un diseño tal que se mirara todo el jardín del patio que diera la sensación de tranquilidad y armonía con la naturaleza rodeado de vidrios polarizados que permitían ver todo desde adentro pero nada se veía desde afuera; ambos vieron a Vivian desenrollar la manguera para regar el jardín. Eva sin poderse contener, abrazó a Gus y luego buscó sus labios para darle un beso prolongado como a ella le gustaba y disfrutaba; simultáneamente Gus sintió que su pantaloneta bajaba sintiendo las tibias manos de Eva acariciando su verga y testículos.

Gus miraba de reojo hacia el jardín para evitar cualquier sorpresa por parte de Vivian, abrió la blusa de Vivian y desabrochó el sostén para acariciar sus senos erguidos y preciosos con sus manos; ya sin aliento por efecto del beso prolongado, separó su boca para anidarse en los senos de ella que sutilmente le ofrecía, segundos después Eva jadeante se inclinó para besar y chupar la tranca de Gus. ¡Dios mío! Como le encantaba a ella chupársela y Gus gozaba también de ello porque Eva era la segunda mujer en su vida que lograba meterse totalmente su verga en la boca y sentir en el glande la sensación como si se la fuera a tragar, que agradable era todo esto pensarían los dos amantes eróticos.

Pasados unos minutos, Gus sentía que estaba perdiendo el norte pero antes miró hacía el jardín y vio la figura de Vivian agacharse para cerrar la llave de la tubería; aprovechó ese instante para descargar en la garganta de Eva una porción inmensa de semen acompañada de impulsos que la tranca hacía para desocupar el líquido espeso y cristalino que con su mano exprimía saliendo las gotas por el pequeño agujero para ser barridas con la maravillosa lengua de Eva en el área.

Cuando Eva se hubo tragado el esperma en su totalidad, volteó su mirada hacia el patio viendo que su hija se estaba quitando los guantes con los que agarraba la manguera para regar; ambos salieron apresuradamente del pequeño gimnasio hasta llegar a la cocina, donde Eva agarró dos pequeños vasos vertiendo café dentro de ellos que tomaron rápidamente.

Cuando su hija se acercó hasta ellos, Gus sentado en una silla y su madre en otra del pequeño juego instalado en la cocina, sonriente le dijo a Eva que había terminado la tarea ordenada, a lo que su madre le comentó: Muy bien hija, me alegro porque yo ya terminé de hablar con Gus de ti y del proceso que hoy empezamos para saber más adelante el resultado que arroje este trato íntimo entre tú y él teniendo en cuenta su experiencia en este campo de la sexualidad; como tu madre y porque te quiero mucho estoy preocupada por ti y estoy dispuesta a hacer todo lo que sea posible para ayudarte. Tomándose el último sorbo de café, se levantó recogiendo los vasos los cuales colocó en el lavadero despidiéndose de Vivian con un beso en la mejilla que fue correspondido y luego con un apretón de manos se despidió de Gus, por último cerró la puerta tras de sí; ya dentro de su carro llamó a la escuela donde estudia Vivian para informar sobre su ausencia en la fecha, luego saboreó su lengua que después surcó sobre sus labios gruesos y carnosos buscando el sabor del esperma de su amado Gus, por segundos quedó pensativa mirando a lo lejos sin punto fijo frente al volante con deseos de regresar a casa y decirle a su hija que Gus era el hombre de su vida, que había sido un error de su parte traerlo hasta aquí para corregir su orientación sexual pero, algo más fuerte que su deseo lo impidió hasta que al fin pudo arrancar y tomar rumbo a su trabajo.

Mientras tanto, Vivian escudriñaba los ojos verdes del apuesto Gus para saber ¿cómo él había logrado que su madre le permitiera estar a solas con un hombre en su propia casa? Ante esta insólita mirada, Gus comprendió que esta chiquilla preciosa e inteligente convertida en mujer necesitaba una explicación; en breves palabras le explicó que su madre a través de otra mujer muy amiga de ella, se enteró de sus actividades sexuales con mujeres separadas, divorciadas e infelices en busca de orientación en su situación, además para ayudar a chicas inestables en su orientación sexual como es tu caso.

Pero tú sabes que este no es mi caso, le interrumpió Vivian.

Ya lo sé querida, pero recuerda que Astrid, tú y yo hemos creado este teatro para volver a estar juntos nuevamente y yo me comprometí con ustedes a realizarlo.

Permíteme terminar lo que te intriga y quieres saber ahora, tu madre obtuvo mi teléfono por medio de una amiga que en el pasado reciente ayudé en algo parecido con su hija y que tú y yo conocemos.

¡Ah claro! Con Astrid exclamó Vivian.

Por supuesto querida, respondió Gus y prosiguiendo: ahora aquí me tienes en persona para ser tuyo, complacer tus apetitos sexuales y fantasías eróticas como lo deseas. Espero que todas tus inquietudes hayan sido aclaradas pero, déjame hacerte esta pregunta ¿qué te hizo reaccionar en la forma que lo has hecho por qué esto no está escrito en el plan que juntos hicimos?

Es cierto Gus y perdona mi ansiedad pero, es que Astrid me llamó para decirme lo hermoso que la pasó contigo en la cama; sin embargo, ella en ningún momento te preguntó cómo se entabló esta relación con nuestras madres porque ella estaba ansiosa de estar en la intimidad contigo y disfrutarte; entonces me pidió que cuando estuviera junto a ti averiguara en qué forma se hizo el enlace porque ella me dijo yo soy más inteligente que ella, respondió Vivian el reclamo de él. A esta cándida respuesta, Gus agregó: "Es cierto, tú eres una chica hermosa e inteligente con un cuerpo de diosa griega". Por otra parte, continuó Gus con la palabra, la madre de Astrid por su actividad profesional conoce medio mundo y con sus contactos logró obtener el número de mi teléfono y la página web en el internet; más tarde hicimos el contacto por la página web que fue aprobado por las partes en cuestión con los resultados ya conocidos.

Entonces, le interrogó Vivian, ¿tú no has estado en la intimidad con mi madre ni con la madre de Astrid para obtener el beneficio de 8 horas que ofreces en tu página para las que te envían o refieran prospectos?.

Ante esta pregunta, Gus se la quedó mirando fijamente a los ojos marrones claros de Vivian, en cuestión de segundos perdió el auto control; respirando hondo y con aplomo le contesto: No, mi querida Vivian, esto no es la compensación que ofrezco por referidos; los casos de Astrid y el tuyo son excepcionales debido a la naturaleza misma del problema y lo proporciono por 8 horas también, en un principio para averiguar las causas del mismo para luego determinar si se puede remediar el asunto en ese tiempo o si se requiere más horas para lograr el objetivo que muchas madres desean para sus hijas.

Al momento que Gus terminó de pronunciar palabras, Vivian se lanzó sobre su humanidad para buscar su boca y besarla una y otra vez con el deseo reprimido desde que llegó; lo despojó de su camiseta deportiva, le bajó la pantaloneta dejándolo completamente desnudo sobre el sofá con los zapatos que luego se los removió. Vivian, sonriente y satisfecha de las respuestas de su amado Gus; bajó la cremallera del vestido que tenía ajustado a su cuerpo precioso hasta el final abriéndolo de un golpe que dejó perplejo a Gus cuando observó las líneas hermosas que tenía frente a sus ojos. Los senos juveniles y erguidos como torres, estaban provocativos que sugerían ser besados y mamados con delicadeza y placer, su vientre plano mostraba una línea casi imperceptible de pequeños vellos que finalizaban en la zona pélvica donde una selva de ellos cubrían los labios vaginales, sus muslos y piernas bien torneados la hacían ver hermosa y exquisita para el hombre más exigente. Sin pérdida de tiempo, Gus la levantó entre sus brazos la llevó al cuarto que ella le señaló; ya en la cama los dos se fundieron en un beso apasionado que solo se escuchaba el chasquido de sus lenguas cuando pasaban de una boca a la otra.

Por varios minutos, Gus disfrutaba de su cuerpo besando y chupando los voluptuosos senos, el vientre, los labios vaginales, muslos y piernas por ambos lados, los dedos de los pies que tanto le agradaba a Vivian; por último regresó a la vagina donde ancló su lengua por largo rato hasta que le empezaron los impulsos propios que anunciaban la llegada de los orgasmos sucesivos a Vivian entregada y concentrada en los juegos eróticos que Gus le había enseñado la primera vez en la piscina de su casa. En pocos minutos empezaron los gemidos, llanto y palabras obscenas en el ambiente de lujuria que los amantes disfrutaban; Gus sintió en su lengua y boca el líquido procedente desde lo más íntimo de ella, las manos de Vivian trataban de empujar su cara para meterla por la raja de la vagina presa de una pasión y emoción sexual que no miraba limites en ese estado de lujuria e inmenso placer. Poco después, Vivian se levantó colocándose encima de Gus en forma inversa, es decir, para hacer el típico 69 muy popular en Occidente y Oriente del planeta; esta posición la disfrutaron por largo tiempo de la cual Gus se sentía tan complacido porque Vivian después de varios intentos fallidos, logró introducirse por completo la tranca de él siguiendo sus instrucciones; luego le pidió que hiciera como si se la fuera a tragar para sentir el roce de la garganta sobre su verga, al principio le produjo tos pero la práctica continua del ejercicio bucal superó la situación hasta acomodar la boca y garganta al grueso y largo miembro de Gus. Fuera de sí por el calor de la excitación que le quemaba sus entrañas, ella incorporó su cuerpo para colocar el agujero de su vagina en la cabeza de la verga de él, luego fue bajando en forma lenta y segura gracias a la lubricación vaginal que cubría el entorno genital que Gus le proporcionó con sus caricias preliminares; cuando la tuvo totalmente dentro, sus dedos dieron rienda suelta de acariciar suavemente los testículos de él y luego empezó a moverse sostenida únicamente por el eje grande y grueso de Gus para no caerse. Por varios minutos, Vivian osciló en esta posición hasta que ella le pidió a Gus que se incorporara frente a ella para que besara y chupara sus senos; en segundos él accedió a la petición colocando su boca en uno y luego en el otro seno precioso de Vivian chupándolo y mordiéndolo como golosina agradable al paladar.

Vivian al sentir el contacto de boca y seno, su pasión se incrementó y mucho más cuando le apretaba las nalgas hasta enrojecerlas a causa de la presión de sus manos; luego le daba ligeros golpes en el ano lo que le aumentaba el ritmo de la pasión erótica que estaba viviendo.

Llegó el momento en que Vivian tenía que desahogar por la boca y la vagina todo el placer que tenía acumulado desde que Gus empezara acariciarla, sus movimientos se hicieron más rápidos acompañados de gemidos, sollozos y todo tipo de interjecciones que la hacían vibrar de placer y emoción en la medida que se corría con orgasmos continuados; satisfecha del placer obtenido se tumbó sobre la cama quedando unida a él a través de la verga erecta de Gus, quien le sugirió recibiera su semen en la boca para evitar descargarlo en su vagina, ella gustosa accedió a recibir en su boca el pene y el esperma a pedido de este hombre del que estaba enamorada.

Gus se levantó, limpio su tranca con un paño antibacterial que luego introdujo en la boca de la adolescente que se la mamaría con placer y tragaría en su totalidad la garganta profunda que ella poseía, en pocos minutos Gus le descargó gran cantidad de esperma que por poco la ahoga, aun así no se sacó la tranca hasta sentir los espasmos finales del miembro cuando la producción se agota ayudada por ligeras succiones que Vivian hacía para desocupar el conducto. Cuando la sintió flácida dentro de su boca, terminó de limpiarla con su lengua todo vestigio alrededor del pequeño agujero del glande. Luego Gus le dio una botella con agua para que enjuagara su boca y después se lo tomara para disipar el olor característico del semen.

Ambos recostados en la cama, se miraban uno al otro como recordando los momentos previos a esta relación sexual y erótica que nuestros personajes estaban disfrutando; Gus rompió el aire del silencio reinante en la alcoba, diciéndole a Vivian lo siguiente: Querida deseo recortarte los vellos de tu pelvis y un poco más los que rodean tu vagina.

¿Por qué? Le interrogó Vivian.

Es que están muy largos y me impiden chuparte mejor tus labios vaginales, contestó Gus.

¿Me lo vas afeitar y dejar como los tiene Astrid? Inquirió nuevamente Vivian.

No mi amor, solo rebajarle la altura porque mira –agarrando con su mano un puñado de vellos- son muy largos y abundantes, es preferible recortarlos aseveró Gus.

Está bien mi amor, hazlo cuando tú quieras y lo prefieras, respondió complaciente Vivian.

De inmediato, Gus sacó de su maletín negro una tijera y un peine envueltos en papel celofán que evidenciaba estar esterilizados; con mano diestra recortó toda el área pélvica y dejó más cortos los vellos alrededor de los labios vaginales, luego recogió los vellos recortados que metió en una bolsa plástica limpiando toda la sección con los paños antibacteriales. Posteriormente, agarró un espejo manual que vio sobre el tocador de Vivian que le entregó para que se viera la imagen nueva de su pelvis; esta al tomarlo y ver su sexo y alrededores exclamó: ¡Oh! amor que bonito se me ve y ¿cómo pudiste hacerlo en tan poco tiempo? ¿Ahora me chuparas mejor toda la vagina, verdad?

Claro que si mi preciosa Vivian, ya lo sentirás y disfrutaras concluyó Gus.

Después de conversar por varios minutos, Gus por experiencia con el género femenino vio en los ojos de Vivian el brillo que delata a toda mujer cuando desea ser acariciada y deseada por el hombre que la seduce; comenzó a besar sus labios con pasión desmedida, sus manos tocaban la piel sedosa de Vivian en todos los puntos que él consideraba eran vulnerables para excitarla, después de besarla por largo tiempo bajó su boca hasta el pecho de ella para volver a chupar los senos hermosos que lo cautivaban porque sabía que era el área erógena más sensible a sus caricias, luego siguió bajando hasta la vagina desprovista de vellos besando y chupando todo el contorno de los labios vaginales, el clítoris que ya se estaba dilatando, después recorrió toda la abertura vaginal de principio a fin. Vivian sentía que su cabeza se quería reventar del calor en la sien, una pasión extraña la hacía convulsionar de un lado para otro y pensó:" cuánta razón tenía Gus, ahora siento más placer y deseo sexual en mi vagina después que él me recortó los vellos, que delicia, como gozo de placer cuando me chupa los labios vaginales".

Gus con su lengua y boca acompañaba los movimientos pélvicos de Vivian, ella gozosa le pedía más y más caricias en su vagina, subía y bajaba su cuerpo acompañado de sonidos guturales por el inmenso placer erótico que estaba disfrutando; jadeante e incontenible la pasión en todo su cuerpo Vivian le imploró que la penetrara, él le respondió que sí pero antes necesitaba que ella le chupara la verga para ponerla completamente erecta, con rapidez Vivian cambió de posición para ambos disfrutar el sexo oral o mejor conocido como el 69.

Vivian con movimientos sensuales y eróticos en su boca mamaba y chupaba la verga de Gus con maestría, producto de las enseñanzas preliminares que Gus le dio desde la primera vez cuando la hizo suya y viendo películas pornográficas que Astrid le mostraba en su computadora portátil. Cuando la tranca estaba en su punto de máxima erección, el momento sublime de penetración no se hizo esperar porque Vivian en lo más profundo de su "yoni"estaba ansiosa de recibir a la codiciada verga, hecho que se le hizo realidad cuando este se levantó para penetrarla suave y delicadamente como se merecía.

La fantasía e imaginación erótica de Vivian al lado de Gus se le estaba cumpliendo, cuando ella sintió que el miembro varonil de su amado tocó fondo, sus piernas se acomodaron como tenazas alrededor de los muslos de Gus en su afán que no se le saliera de su vagina a causa de los movimientos; por varios minutos la pareja estuvo gozando y disfrutando del acto sexual con gemidos, sollozos, alaridos e improperios por parte de ella y él susurrándole al oído el placer de tener una mujer linda y hermosa como ella dispuesta a hacer todo sin límites con el sexo. Vivian se sentía halagada por estas palabras y esto la llevó a sentir convulsiones sucesivas causadas por los orgasmos incontrolables uno tras otro hasta que su cuerpo se tranquilizó para entrar en un relax para descansar y recobrar nueva energía.

A todo esto, Gus en su auto-control del que se sentía seguro y afortunado a más de haber dos veces eyaculado con anterioridad, le permitía continuar con la tranca erecta lo que lo motivó sugerirle a Vivian metérsela por el ano mientras recobraba fuerzas, ella asintió sin meditarlo poniéndose boca abajo para que él iniciara el proceso que ya le conocía sobre el cuidado y la higiene de hacer el sexo anal. Gus agarró varias toallas antibacteriales para limpiar el área que rodea el minúsculo agujero anal, con sus dedos introducía la toalla hasta el punto que su lengua podía alcanzar para así evitar alguna infección en su lengua y boca por supuesto. Terminada la labor de limpieza, Gus empezó a acariciar primeramente sus nalgas fuertes y pronunciadas con besos, chupones y leves mordiscos que la hacían poner su piel de gallina y ligeros corrientazos en todo su cuerpo; luego comenzó a lamer alrededor del anillo rosado y marrón del ano que ya se encontraba preparado para ser acariciado, le introdujo y sacaba la lengua por varios minutos haciéndole giros rápidos por dentro y por fuera; Gus por experiencia sabía de la existencia en la zona de múltiples ramificaciones nerviosas y sensibles a las caricias. Vivian al sentir la delicia del beso anal que antes no había experimentado como hoy, debido a que la primera vez cuando se entregó a Gus no estaba concentrada por la presión del tiempo en casa de él; pero esta vez sin nada alrededor, antes por el contrario, en su cama con el permiso de su madre y con el hombre deseado lo estaba disfrutando hasta el punto que movía el culo al compás de los movimientos que Gus hacía con su lengua y boca. Posteriormente, él le introdujo con suavidad la perilla con lubricante que extrajo de su maletín, le echó suficiente cantidad para lubricarle el ano y el recto para meterle la verga. Vivian alzó un poco su trasero para colocarse en posición adecuada para la penetración, Gus muy seguro de sí y con suavidad fue penetrando lentamente el glande de su bien dotado pene; en la medida que el esfínter iba cediendo ante la presión y con la ayuda que él le indicaba a ella de exclamar ¡Oh! como si fuera una sorpresa para que el agujero del ano se dilatara y así el intruso podía penetrar sin inconveniente. Una vez que la tranca entró hasta el punto de alcance, ambos se quedaron quietos por unos segundos para que la verga y el ano se acomodaran a sus anchas; luego Vivian tomó la iniciativa moviendo su hermoso culo, al cabo de un tiempo de estar disfrutando el sexo anal y el vaginal simultáneamente porque Gus la estaba masturbando con sus dedos, ella empezó a moverse en forma vertiginosa como enloquecida a raíz de la pasión que la embargaba dando como resultado numerosos orgasmos por el inmenso placer que su cuerpo disfrutaba a través de la mente concentrada, luego Gus la atrajo hacia su cuerpo por la cintura colocándola encima de sus muslos diciéndole al oído: "ahora vas a sentir lo bueno, bello y hermoso del sexo combinado".

Gus sacó de su maletín la réplica de su tranca, debidamente aseada dentro de su estuche sin que Vivian se percatara; después le abrió las piernas para continuar masturbándola y llegado el momento le fue penetrando con suavidad la réplica, ella sintió un ligero estremecimiento en su vagina porque estaba convencida que los dedos de él eran los que allí la masturbaban pero, al sentir algo grande y grueso exclamó: "Oh Dios qué es esto". Luego miró hacia su sexo y observó que él le estaba metiendo lentamente un objeto parecido a su verga, luego Gus agarró su mano derecha colocando el brazo encima de su hombro y dejar al descubierto el seno del mismo lado ya enrojecido a causa de los chupones y mordiscos leves que ella le pedía en su momento lleno de placer y lujuria. Cuando este empezó a chuparle el seno nuevamente, Vivian no podía creer lo que sus ojos veían ni el gozo físico que sentía; le parecía estar viviendo la fantasía erótica que nunca se imaginó, su cuerpo estaba disfrutando en tres lugares diferentes como si 3 hombres la estuvieran poseyendo al mismo tiempo.

¿Dios mío que es esto, que estás haciendo de mí? Interrogó a Gus con voz entrecortada y llena de ansiedad.

No te inquietes querida, disfruta el momento del sexo extremo para que todo tu cuerpo y en lo más profundo de tu ser se manifieste el placer y el gozo sexual que tu mente ha dibujado desde que me conociste, le susurró Gus al oído.

Por mucho tiempo permanecieron en esta posición hasta que Vivian empezó a gritar y llorar del placer que la embriagaba sin poder contener los orgasmos continuos en los minutos siguientes, al mismo tiempo Gus le hacía una descarga del esperma acumulado en sus testículos.

Ambos, cansados y agotados se miraron intensamente mientras él le sacaba la tranca flácida e inerte del ano, luego retiró su réplica de la vagina cuyos labios externos e internos se veían un tanto inflamados del esfuerzo apasionado a que fueron sometidos.

Gus fue el primero en incorporarse de la cama, dirigiéndose al baño para asearse y limpiar el juguete erótico. Más tarde regresó a la cama donde Vivian con los ojos entre cerrados, lo vio y le dijo: Papito abrázame fuerte y dame un beso de nuevo para sentir tu calor y pasión excitante. Estas palabras de Vivian, sonaron como un mensaje para Gus en sus oídos, quien pensó para sí mismo: Esta chica es demasiado ardiente, necesito hacer algo y pronto; miró el reloj colgado de la pared que indicaba las 2:50 pm. A las 5:00 pm termina su compromiso con Eva y estoy seguro que ella me pedirá un tiempo de intimidad también como lo hizo Ivonne.

Gus agarró varias toallas antibacterianas de su maletín para limpiar toda la zona pélvica de ella pero, antes la abrazó y le dio un beso apasionado como ella se lo pidió. Después de asearle toda la pelvis, su boca se posó en unos de sus senos y después en el otro porque él sabía que esta es la parte más erógena de Vivian para despertar e incrementar su deseo sexual; después siguió al vientre plano y posteriormente a los labios vaginales donde se detuvo por varios minutos hasta escuchar su respiración jadeante. Gus le solicitó que chupara su verga hasta ponerla erecta, lo que la motivó para cambiar de posición y acariciarse los genitales mediante el sexo oral.

Vivian sentía que se corría rápidamente cuando él la acariciaba en esa forma que le fascinaba y gozaba y mucho más cuando Gus colocaba su clítoris entre sus dientes que mordisqueaba con suavidad y luego le chupaba con intensidad que la enloquecía de placer; pasados unos minutos más de esta sensación que Vivian quería prolongar, no pudo resistir más y en tono implorante le pidió que le metiera la tranca en su vagina; sin esperar respuesta se levantó con velocidad felina colocándose sobre los muslos de Gus para introducirse el pene completamente erecto.

Por los años de experiencia en esta actividad sexual, Gus aprendió de las mujeres muchas cosas que ellas mismas le enseñaron para cada situación que afrontara, por esta razón mantenía en su inseparable maletín botellas con agua mezclada con Spray de Melatonina para dormir a la pareja cuando resultaba demasiado ardiente como Vivian.

Después de gozar y disfrutar toda clase de caricias y orgasmos innumerables por parte de ella, él le dijo que estaba próximo a correrse y le pidió que lo recibiera en su boca, Vivian se levantó poniéndose boca arriba para recibir el líquido espeso y cristalino llamado por muchas mujeres la "Fuente de la Juventud" hasta su última gota. Pasados unos segundos después de la succión y el barrido que ella hizo sobre el glande, Gus alargó el brazo hasta alcanzar el maletín para coger la botella con agua preparada para la ocasión; inmediatamente se la entregó a Vivian que ella agarró al momento de sentarse sobre el borde de la cama, la tomó y enjuagando su boca se la bebió por completo y cuando terminó, miró de reojo a Gus quien estaba limpiándose la verga con sus toallas antibacteriales. Con ojos de hembra satisfecha por su macho, abrió sus brazos para abrazarlo con ternura, acariciarlo y sumisa a cualquier petición de él; sin embargo sus ojos no respondían a lo que su cerebro deseaba y, minutos después sucumbía al efecto de la droga cerrando sus ojos en un sueño profundo. Gus volvió a mirar el reloj que indicaba las 4:20 pm, recogió del suelo el vestido de Vivian pero antes le limpió el cuerpo para colocárselo; luego se colocó la pantaloneta y camiseta deportiva saliendo con prontitud de la alcoba para sentarse en el sofá de la sala para esperar a Eva. Esta entró a las 4:35 pm a la casa en silencio, se despojó de sus zapatos y la chaqueta que hacía parte del vestido dejando al descubierto gran parte de sus senos preciosos; antes de continuar en dirección al cuarto de su hija, tuvo el presentimiento de algo o alguien estaba en la sala que la hizo desviar hacia ese lugar y allí encontró a su hombre amado sentado esperándola; se sentó a su lado, sus ojos marrones claros brillaban de pasión y deseo reprimido, se acercó a él para darle un beso en sus labios que se extendió en toda la boca y este fue correspondido con pasión y lujuria. Cuando separaron sus bocas, Eva le preguntó: ¿Cómo pasaste el día con Vivian? ¿Ya tienes idea del resultado de este encuentro íntimo?

Gus le contestó que todo fue muy bien, que ya no se preocupara por la orientación sexual de su hija porque había comprobado por si misma la diferencia entre uno y otro; sin embargo, Vivian quiere disipar la poca duda que le queda mediante un nuevo encuentro con Astrid y él; así que mi querida Eva este será el nuevo reto para ti y ella estoy seguro, prosiguiendo Gus, Vivian ya tiene claro su preferencia sexual.

Me alegra escuchar tus palabras querido Gus, pero aún me inquieta ese deseo de estar los 3 en la cama para comparar la sexualidad, para mí esto es principio de bisexualismo ¿no crees tú?

Mi querida y preciosa Eva, yo no lo calificaría así ya que esto sucede cuando la mujer no siente satisfacción sexual con su pareja y busca otra de su mismo género; sin embargo, dejemos que las cosas sigan su curso para saber hasta dónde piensa llegar Vivian en esta carrera loca sobre su sexualidad.

Sí, creo que tienes razón mi amor contestó Eva esperemos que sucederá más adelante; ahora cambiando de tema, te pregunto ¿te quedó energía para satisfacer mis necesidades sexuales?

Este sonriente le dijo: Siempre estaré preparado para ti y te complaceré cada vez que se preste la ocasión.

Al terminar Gus sus palabras, ella se arrojó a los brazos de él para abrazarlo y besarlo, lo cogió por una mano llevándolo al pequeño gimnasio; allí lo desnudó y acostó sobre una mesa propia de hacer ejercicios, después de acariciarlo por todo su cuerpo Eva introdujo en su boca el pene casi erecto de él hasta engullirlo y mamarlo en toda su extensión. Mientras ella le chupaba el miembro, Gus le estaba quitando la ropa para luego con sus dedos acariciar sus muslos, luego los labios vaginales y clítoris; sin poder resistir más Eva se montó sobre el cuerpo de Gus, metió la verga en su hendidura ya lubricada hasta el fondo empezando a moverse, posteriormente él enderezó su cuerpo para mamar y chupar los senos erguidos de esta diosa hecha mujer. Bajo el impulso del frenesí erótico, Eva gemía y sollozaba cada vez que sus orgasmos estaban por llegar porque su cuerpo sentía la sensación de querer más y más, o sea, quería algo tan fuerte que la enviara a un mundo desconocido. Para Gus esto era algo esperado, aprovechó este momento para decirle que se la quería meter por el ano, ella pensó que tal vez era lo que necesitaba para complacer su apetito sexual; se levantó para ponerse en la posición del camello.

Gus cogió varias toallas de su maletín para limpiar los alrededores del ano y este mismo en sus partes interna y externa, poco después besó y mordisqueó las nalgas armoniosas y preciosas de Eva hasta donde ella soportaba; luego continuó con la punta de la lengua sobre el agujero del ano rosado que abría y cerraba como muestra de satisfacción a la caricia de la lengua cuando le penetraba, a todo esto ella lo disfrutaba y esperaba en cualquier momento la penetración del líquido lubricante; en efecto, este no se hizo esperar cuando sintió la perilla dentro rociando en la profundidad de su ano para facilitar la entrada sin riesgo la tranca de Gus. Este ya conocía el momento oportuno en que Eva estaría ansiosa por recibir su miembro, ella completamente en estado relajante sintió el glande empujando su esfínter, el cual, fue cediendo poco a poco a la leve presión con que Gus le daba al empujar que, acompañado del ¡Oh! de sorpresa que él le había enseñado antes, no tardó en entrar suavemente a lo más profundo de su recto. Al cabo de unos segundos de quietud, él y ella comenzaron a moverse simultáneamente para disfrutar el placer que produce el sexo anal entre parejas conscientes y convencidas de lo maravilloso que es para gozar el cuerpo de uno y otro mientras se practica en la intimidad; durante el goce erótico Gus acariciaba con los dedos de su mano derecha la vagina y clítoris, de igual manera la mano izquierda acariciaba los senos que a Eva le hacía subir la temperatura corporal a tal grado que no se pertenecía quedando a merced de lo que a él se le ocurriera para satisfacerla; este es el momento pensó Gus, sacó de su maletín la réplica de su verga, luego atrajo a Eva hacia él por la cintura poniéndola en posición de uno tras del otro con las piernas abiertas y extendidas para hacerle realidad la anhelada fantasía, sentirse atravesada por los dos agujeros inferiores – ano y vagina – sin pérdida de tiempo Gus le metió con destreza y suavidad el juguete con forma de su pene en sus entrañas. Por tiempo definido, ambos gozaron y disfrutaron del sexo extremo en la magnitud que cada uno quiso; cuando Eva hubo alcanzado todos los orgasmos que la hicieron gemir y llorar de felicidad, Gus le roció en el culo el esperma que sus testículos lograron hacer a pesar de haber tenido un día muy agitado. Pasados unos minutos Eva bajó tambaleante de la mesa, una vez en el piso se acercó a Gus dándole un beso apasionado y cuando separó su boca le dijo: "Gracias mi amor, he disfrutado el sexo una vez más en todo su esplendor". Cuando te marches, por favor le pones el seguro a la puerta porque ahora voy a tomar un baño para irme a la cama a descansar relajada y satisfecha pensando en ti, agarró sus ropas y completamente desnuda caminó a su cuarto desapareciendo a la vista de Gus; este se detuvo unos minutos más limpiando su tranca y la réplica con las toallas antibacteriales antes de irse a casa. Recogió su ropa deportiva, la que se colocó nuevamente saliendo a toda prisa del lugar hasta llegar a la puerta principal que abrió con cautela, miró y observó que no había extraños alrededor de la vivienda, cerró tras de sí con seguro como ella se lo había pedido, chequeó su reloj pulsera que marcaba las 5:50 pm e iniciando a paso firme el retorno a su casa. Cuando llegó a esta abrió y cerró la puerta, caminando al interior pasó por la puerta de su oficina donde vio en la pantalla de su computador las palabras "Mensaje urgente". Siguió su camino directo a su alcoba donde se despojó de sus ropas, entró al baño para tomar una ducha refrescante para recobrar energía y una vez conseguido su objetivo, se dirigió al bar donde vació vino rojo en una copa, luego fue hasta la cocina donde se preparó unos alimentos, regresando a la oficina para saber quién le había enviado ese mensaje. Abrió su computadora mirando que varias veces tenía el mismo correo de igual procedencia y texto que decía: "Cuando veas este correo llámame a mi teléfono personal, firmado David".

Gus se quedó pensativo unos segundos, miró el horario en que estos fueron enviados, miró su reloj que indicaba las 6:55 pm ahora deben ser las 6:55 am del día siguiente en Hong Kong donde reside David por las 12 horas de diferencia respecto a la costa este de USA, pensó Gus en voz alta. Él ya debe estar despierto, por tanto lo llamaré para saber cuál es la urgencia; buscó el nombre en su celular inteligente pulsando el número que allí apareció, no hubo respuesta al instante pero al cabo de varios segundos una voz conocida por Gus le contestó: ¡Aló! aquí habla David ¿eres tu Gus? Si David soy yo le respondió y prosiguió ¿cómo están todos por allá, pasa alguna novedad con los niños? No amigo mío, todo anda bajo control, le confirmó David.

Entonces ¿cuál es la urgencia del mensaje? Le interrogó Gus.

Es simple y sencilla, Lin y yo necesitamos reunirnos contigo en 2 semanas en Roma, porque ella quiere tener otro hijo tuyo.

No comprendo David, si ya tiene 3 ¿por qué quiere tener otro más? Interrogó Gus.

Yo tampoco lo entiendo Gus, contestando David la pregunta de su amigo, el caso es que sus otras hermanas Yan y Jie no desean tener hijos por ahora; en consecuencia, sus padres le han pedido a Lin que conciba otro bebé para tener el mínimo número de nietos que ellos han deseado para continuar el negocio en los próximos 25 años ¿qué te parece la idea Gus?

Es genial para ellos y para la futura generación de empresarios en la familia china pero, yo estoy muy ocupado con mi negocio en estos momentos y me es imposible viajar a Roma porque no puedo abandonarlo en las próximas semanas, contestó tajante Gus.

Un momento amigo, Li, tú y yo tenemos un contrato firmado hace 7 años que nos obliga a cada uno de nosotros cumplir al pie de la letra, por tanto, no hay excusa cuando la mayoría está de acuerdo en este nuevo episodio de nuestras vidas. Además necesitamos instalar un nuevo Software en Roma para incrementar el mercado en esa parte de Europa y tú eres nuestro ingeniero a nivel internacional para instalarlo; para terminar hoy debe estar llegando a tu computadora el pasaje aéreo y la reservación del hotel, así que nos veremos allá en 2 semanas amigo mío cerrándole el teléfono a Gus para no oír ninguna objeción de su parte.

Gus se quedó meditando la situación que por azar del destino, le estaba interrumpiendo lo que tenía planeado con las dos muchachas Astrid y Vivian, quienes a más de disfrutar sus cuerpos son el anzuelo perfecto para que sus madres siguieran buscando referidos para su actividad de multinivel e incrementar el servicio del placer.

De todas maneras algo se le ocurrirá mientras transcurren los días antes de partir, en su mente se dibujó la figura de Lin Wang, la hermosa mujer china nacida en Hong Kong, educada en Gran Bretaña y Estados Unidos que al terminar sus estudios se casó con su amigo David y regresó a su país para dirigir la empresa que sus padres y los de David iniciaron con poco capital 30 años atrás pero con ideas ambiciosas que lograron hacer realidad; sin embargo, esta es otra historia que el autor de esta novela dará a conocer al público cuando lo estime conveniente para que se publique.

¿Cómo hará Gus para cumplir con Ivonne y Eva la situación de sus hijas? ¿Cuál es el contrato al que Gus se siente obligado a responder con la familia de su amigo David? Estas preguntas serán todas contestadas en el siguiente volumen de esta zaga del MLM del Placer, no se la pierda que va estar muy interesante porque en ella conoceremos los pormenores que condujeron a Gus a convertirse en el personaje que ya conocimos en esta novela. Saludos para todos mis lectores.

EPILOGO

Estoy convencido que la historia suscitada en esta novela erótica donde la base de una educación moral aparentemente sólida –Vivian- fue doblegada por la voraz y persistente sugerencias sexuales de su amiga -Astrid- quien con conocimientos de causa más allá de su edad, logró convencer a su amiga de incursionar en el mundo sensual y erótico que nunca se había imaginado; por otro lado y por fortuna, ellas conocieron a un hombre –Gus- que las sedujo y conquistó con su porte atlético y personalidad para convencer y enseñar a mujeres y adolescentes en el campo de la sensualidad y placer máximo de lo erótico.

Las madres de ellas –Ivonne y Eva- también fueron objeto de una relación sexual con el mismo hombre que las emocionó de tal manera que se hicieron participe de un plan concebido por él –Gus- en complicidad con sus hijas Astrid y Vivian, por aprovechar antes y después de la relación íntima con ellas el benefició que ofrece el MLM del placer sin ser detectado por las adolescentes; las madres tampoco se imaginaron que Gus había sido el seductor que las llevó a crear esta historia sobre la orientación sexual que presentaban ante sus ojos para él volver a seducirlas a su antojo por petición de las chicas.

Por otra parte, Noemí la preciosa asistente de Eva en la peluquería recibió el trato que ella se merece por parte de un hombre –Gus- quien logró mediante la charla preliminar seducirla y convencerla de los beneficios del sexo durante el encuentro erótico que ambos protagonizaron, que la llevó a recobrar su autoestima.

Sin lugar a dudas, los personajes que desfilaron en esta novela cada uno de ellos recibió la recompensa que buscaron durante el desarrollo de la misma; por tanto, considero importante buscar el próximo libro donde sabremos si el Adonis de Gus logra trazar un nuevo plan para reunirse en la intimidad con las dos adolescentes a través del multinivel que lo ha caracterizado para obtener el beneficio sexual y económico de sus referidas.

Para terminar, seguro que todos estamos intrigados por saber que influencia tuvo David para convencer a Gus de suspender todo el proyecto armado para obtener más referidas en su MLM del placer, ya que Ivonne le tiene una candidata nueva para lograr su beneficio sexual personal bajo el manto de complacer a su hija en la reorientación sexual que ella le pidió para aclarar dudas en su proceder como una mujer en el futuro. Lo mismo esperamos de Eva más adelante, porque ella creyó en las palabras de Gus cuando le dijo que Vivian estaba prácticamente curada en su orientación sexual; así que amables lectores, no se pierdan la continuidad de esta novela para saber su desenlace. Un abrazo para todos.